當代商神

6 風雲際會

何常在——著

目錄
Contents

第一章

棋高一招

就好比一個病毒作者寫出的病毒被殺毒軟體的作者破解了代碼並且殺死了一樣，
一個出招，一個接招，不但一舉化解了出招者精心準備的致命一擊，
而且還將出招者的招勢完全封死，等於說還是接招者棋高一招。

下午時分，范衛衛長裙飄飄出現在拐角遇到愛咖啡館裡，她戴了一付大大的墨鏡和一頂遮陽帽，如果不是特別熟悉她的人，只看一眼還真認不出來她是誰。

她選了一個靠窗的位置坐下，要了一杯摩卡，一邊慢慢細品，一邊不時地看看手錶，顯然是在等人。

半個小時後，兩個人出現在門口。是一男一女，一個長身而立，英俊不凡，身高過人；一個小巧玲瓏，身材極好，打扮另類而新潮。

不是別人，正是葉十三和伊童。

二人注意到坐在窗前的范衛衛，揮了揮手，大步朝范衛衛走去。范衛衛起身相迎，寒暄幾句，分別落座。

「要點什麼？」范衛衛徵詢二人的意見。

「兩杯卡布其諾。」伊童也不問葉十三，直接替他做出了決定。

「范小姐，久仰，久仰。」

伊童打量了范衛衛幾眼，心中暗暗讚嘆范衛衛不管是長相還是氣質都不比崔涵薇遜色，心中更加對商深憤憤不平了，憑什麼商深就能贏得范衛衛和崔涵薇的好感，他不管是長相還是身高都比不了葉十三。

當然，伊童也知道對女孩來說，男孩的身高和長相不是首選因素，氣質、氣場和性格才是有內涵的女孩更看重的部分。

「范小姐請我和十三過來，不會僅僅是為了請我們喝一杯咖啡吧？」伊童端起咖啡輕輕抿了一口，挑釁的目光在范衛衛的臉上掃來掃去。

范衛衛不動聲色，也喝了口咖啡，目光滑過伊童的黑眼影大耳環，又在葉十三的身上微一停留，然後笑道：「十三，你這麼聰明，肯定可以猜到我請你和伊童過來的真正目的。」

葉十三在接到范衛衛的電話時，就大概猜到了范衛衛約他和伊童見面，肯定與商深有關。

范衛衛和商深的事，他是為數不多的知情者之一。范衛衛和商深的分手內幕他雖然不是十分清楚，卻從商深和崔涵薇日益親密的關係中得出結論，多半是商深移情別戀甩了范衛衛。如果范衛衛想要報復商深，也就完全可以理解了。

「為了商深。」葉十三淡然地一笑，身子朝椅子靠背一靠，翹起了二郎腿，「你和商深分手了，因為商深愛上了崔涵薇，你想報復他，對吧？」

「崔涵薇？」

范衛衛一愣，想起了商深和徐一莫的親密互動，不由愕然，「他不是和徐一莫在一起嗎？」

「公開的女朋友是崔涵薇，背後是不是還和徐一莫有一腿就不知道了，反正他是情場高手，手段讓女孩們防不勝防，騙一個兩個三四個女孩，不在話下。」

葉十三極盡嘲諷商深之能事，如果說以前他還對商深留有情面的話，自從上次被祖縱當眾打了耳光，商深出面救了他，他反而更加記恨商深，覺得所受的屈辱都是因商深而起。加上當時商深還當眾抱住崔涵薇，並且宣布崔涵薇是他的女友，讓他無比氣憤。

在他看來，後來祖縱和商深握手言和就像是一齣早就排練好的鬧劇，說不定祖縱就是商深請來的救兵，就是故意要讓他和伊童一幫人當眾出醜。

商深就是一個陰險狡詐的小人！

「商深真是這樣的人？」

范衛衛之前對葉十三印象很不好，覺得葉十三油頭粉面，雖然長得還算不錯，但作為一個男人來說，實在是太沒男人氣概了。但此一時彼一時，為了報復商深，她現在需要藉助葉十三對商深無比瞭解的優勢，同時，她也看中了葉十三和伊童的中文上網網站。

見范衛衛質疑他的話，葉十三冷笑說：

「你和他認識時間還短，才一年吧？我認識他二十多年了，難道不比你瞭解他是個什麼樣的人？小時候我們同時喜歡上一個叫甜甜的女孩，不過甜甜更喜歡他，他和甜甜青梅竹馬，從小學到初中一直很好。後來上了高中後，他為了考上大學，不顧一切的念書，對甜甜的示愛視而不見，因為他覺得甜甜考不上大學，配不上他，他就故意冷落甜甜，讓甜甜傷心欲絕，最後甜甜一氣之下淪落風塵……」

明明是甜甜求愛不成自甘墜落，在葉十三的嘴裡卻變成商深對甜甜始亂終棄了，范衛衛聽了，雖然面上淡然自若，內心卻是對商深多了痛恨和不恥，還有不屑。原來商深骨子裡是個薄情寡倖之人，虧她以前還以為他有多好，真是少不經事，被他迷惑了。

「還有這種事？」伊童也是第一次聽葉十三說起甜甜的事，她睜大了眼睛，誇張地說：「商深還幹過張生的事？」

張生就是《西廂記》裡對崔鶯鶯始亂終棄的張珙。《西廂記》是唐朝元稹所作，講述書生張珙與同時寓居在普救寺的已故相國之女崔鶯鶯相愛，在婢女紅娘的幫助下，兩人在西廂約會。鶯鶯終於以身相許。後來張珙赴京應試，得了高官，卻拋棄了鶯鶯，釀成愛情悲劇。

相傳此事為元稹假借張生的自傳體故事。《西廂記》不但創造了一個流傳千年的對男人無情鞭撻的成語——始亂終棄，還讓丫環紅娘成為媒婆的代名詞。

「如果說商深是張生，那麼甜甜還不是崔鶯鶯。」范衛衛笑了，笑得意味深長。

「你的意思是……你是崔鶯鶯？」伊童一愣，直接問出了疑問。

「不是，衛衛的意思是，崔涵薇會是崔鶯鶯。」

葉十三是何許人也，立刻揣摩出范衛衛的心思，淡淡一笑，「衛衛和商深戀愛時間還短，商深頂多欺騙了衛衛的感情，但崔涵薇就不同了，她和商深朝夕相處，商深騙了她的感情，還會騙了她的人，然後商深再和徐一莫在一起的話，崔涵薇才是被商深始亂終棄的崔鶯鶯，很巧，她也姓崔，只是商深不姓張而已。」

「崔涵薇是活該。」范衛衛冷笑道：「如果最後她是被她的閨蜜搶走了商深，不知道她是痛恨閨蜜的無恥還是該痛恨商深的絕情？」

「對商深這種人，我們就應該聯手打擊，不能讓他小人得志。」見氣氛烘托得差不多了，葉十三知道是該說到正題的時候了，「衛衛，你有什麼想法？」

「不知道你們聽說過代俊偉沒有？」

范衛衛越來越欣賞葉十三了，葉十三不但人長得不錯，而且還很有眼力，總能及時地掌控談話節奏，她莞爾一笑，拋出了繡球。

「代俊偉？」伊童搖搖頭，「沒聽過。」

「我知道代俊偉。」葉十三對ＩＴ業的瞭解雖然不如伊童深，但他正好對搜尋引擎很感興趣，因此知道代俊偉，「代俊偉是個了不起的技術天才。」

「原來是搜尋引擎領域的專家。」聽了葉十三的介紹，伊童明白了，「衛衛，你要和代俊偉合作開公司，想和我們合作？」

「是的。」范衛衛點頭，神色間流露出傲然的姿態，「有沒有興趣？」

「怎麼個合作方式？」

伊童不喜歡崔涵薇，但范衛衛的姿態比崔涵薇更加傲慢、讓她也很不舒服，她既不缺資金又不缺人才，而且中文上網網站初獲成功，她想不出來和范衛衛合作對她有什麼好處，或者說，范衛衛可以拿出什麼讓她動心的條件。

「等代總的公司正式成立後，你們的公司配合我們的發展思路，不管是在周邊響應，還是幫明公司佈局，該出力的時候出力，該搖旗吶喊的時候搖旗吶喊，等我們公司壯大到一統天下之時，不會虧待你們的從龍之功。」

范衛衛輕描淡寫地說出了她的條件，一副居高臨下的施捨姿態。

不是吧？什麼條件都沒有，卻要她無條件服從，你以為你是比爾・蓋茲？伊童搖頭笑了：

「先不說代俊偉的公司以後能不能成功，就算成功了，什麼都不付出就想號令天下莫敢不從，范衛衛，你是太天真還是太自戀啊？」

「都不是！」范衛衛依然是一副唯我獨尊的樣子，輕輕一攏頭髮，「我只是給你們公司一個生存發展的機會，如果錯過，以後就沒有生存空間了。」

伊童自認閱人無數，還從來沒見過像范衛衛一樣狂妄的人，就算比爾・蓋茲坐在她的對面，雖然以微軟的實力動一動小手指就可以滅掉她，但她相信比爾・蓋茲也不會說出剛才這番無比囂張的話。范衛衛不是想和她合作，只是想憑紅口白牙就讓她俯首稱臣。

太年輕太幼稚了！伊童連繼續和范衛衛交談下去的興趣都沒有了，雖然她也很想和范衛衛聯手對付商深和崔涵薇，但范衛衛太強勢了，強勢到咄咄逼人的地步。

她二話不說站了起來：「我想我們沒有再談下去的必要了。」

「衛衛，你到底是想打敗商深，還是想發展事業？」葉十三雖然對范衛衛的態度也有些不滿，但還是按捺住性子，試圖說服范衛衛，「如果是前者，我想我們確實沒有談下去的必要了。」

「打敗商深和發展事業可以是同步進行的一件事，為什麼要分開說？」

范衛衛嫣然一笑，伊童的躁動和葉十三的怒氣完全在她的意料之中，她相信至此她已經完全掌握了談話的節奏。

「你們還不瞭解代總超鏈分析技術的強大之處，如果你們懂技術並且有長遠的眼光，你們從現在開始跟隨我們，等於是投資了一個日後可以翻一百倍的原始股。」

「超鏈分析技術……是什麼？」

伊童也是聰明人，從范衛衛始終淡定從容的姿態猜到了什麼，知道范衛衛就是想讓她和葉十三自亂陣腳，以便她可以在談判中力壓他們一頭。

想通此節，她反而心平氣和了，「不是所有強大的技術都可以商業化成功，有許多技術最終只能束之高閣，被時代淘汰。超鏈分析技術也許也只是其中之一。」

「是嗎？」范衛衛敏銳地察覺到伊童又恢復了鎮定，還有想要反手掌握主動的想法，她暗暗一笑，繼續說道：

「每個人都有一個井口，只不過有的人井口大一些，有的人小一些罷了。多出去走走才有利於提高自己的眼界，所謂讀萬卷書行萬里路，尤其是在一個各方面都落後於世界的地方待久了，井口會小到只有手指大小，要不然也不會出現認為世界人民都處在水深火熱之中的天大笑話了，呵呵。」

伊童聽出范衛衛話裡話外的嘲諷之意，是在嘲笑她不知道國外的科技有多先進。是，她是沒有出國留學的經歷，但現在是互聯網時代，互聯網是什麼？是資訊公路，在資訊公路上，一切的資源分享。

當然，最尖端的科技和最核心的技術，不會有人放到互聯網上分享，不過伊童卻沒有心思和范衛衛爭個高低勝負，她只想談論她最關心的部分：

「世界人民是不是生活在水深火熱之中，和我們要討論的合作沒有任何關係，我現在只想知道，超鏈分析技術到底怎麼商業化？」

下午的陽光漫長而柔軟，正好映照在三人的身上。范衛衛傲然，葉十三平靜，伊童淡然，三人對坐，雖然是三個才二十多歲的年輕人，但誰又敢說在不久的將來，他們不會是互聯網業內呼風喚雨的人物？

一縷陽光穿過樹蔭又透過玻璃，被玻璃分隔成一朵花的圖案，照射在范衛衛身上，落在她的胸前。范衛衛的胸前就如一團火焰在綻放，既驚心動魄，又充滿美感。

「怎麼商業化是機密，無可奉告，不過我可以簡單地描述一下前景……」

范衛衛淡淡一笑，一副胸有成竹的自信笑容。

「你們的中文上網網站似乎前景不錯，但那是建立在兩個前提上，一是現在的網民素質不高，若干年後，網民可以直接輸入英文上網，你們的網站就失去了功用。二是現在還沒有一家一統天下的搜尋引擎，如果不久之後出現一家可以搜索到全球任何一家網站的搜索網站，只需要搜索一下，然後滑鼠一點，所有網站都可以隨時顯現，你覺得你們的網站還有生存的空間嗎？還有最最重要的一點，你們的網站有一個非常嚴重的隱憂，一旦被人拿來大做文章的話，你們會很快一敗塗地。」

「什麼重大隱憂？」葉十三覺得范衛衛是危言聳聽，故意要製造緊張氣氛，但還是忍不住問道。

伊童在一旁冷眼道：「范小姐倒是很有商業操作手法。」

「我不是嚇你，是實話實說。」

范衛衛注意到葉十三的緊張和伊童的故作輕鬆，喝了口咖啡，目光不經意間落在遠處的小鈴小鐺身上，心念一動，伸手招呼小鈴小鐺過來。

小鈴小鐺正在小聲議論范衛衛和伊童誰更有魅力，雖然二人一致得出結論，認為范衛衛更漂亮更有女人味，但二人卻都不喜歡范衛衛，她們因喜歡商深，女孩的敏感心思加上直覺，對范衛衛多了敵意。

范衛衛招呼二人，二人都不願意過去，推讓了一番之後，還是小鐺想當面會一會范衛衛，自告奮勇來到范衛衛的面前。

范衛衛才不會將小鐺放在眼裡，小鐺對她莫名其妙的敵意她心知肚明，卻不以為意，她自恃身分高尚，才不會和一個咖啡館的服務生一般見識。

「有沒有電腦借用一下？」范衛衛朝小鐺微一點頭。

「不好意思，我們不是網吧，不提供借用電腦的服務。」小鐺冷冷地回絕了范衛衛。

伊童吃吃暗笑。

「如果我租你們的電腦呢？十分鐘就好。」范衛衛拿出錢包，「你說個價錢。」錢包很鼓，裡面有人民幣也有美金。

其實有時客人需要臨時上網處理事情，店裡也有免費的電腦可供使用，但小鐺就是不想提供給范衛衛，不僅僅有商深的原因，也因范衛衛趾高氣揚的樣子讓她很不爽。

「嗯……」

小鐺存心想刁難范衛衛，要了一個高價，「一分鐘一美元。」

「好，沒問題。」范衛衛拿出一張十美元的鈔票遞給小鐺，「請帶我們去電腦室。」

接過美元，小鐺愣了愣，十美元幾乎是一百元人民幣了，相當於她一周的收入，是一筆大錢，她遲疑片刻，收了起來，臉上浮現職業的笑容：「好的，請跟我來。」

范衛衛臉上露出勝利的笑容。

一行人來到樓上的電腦室，小鐺打開電腦，連上網，轉身出去了。

范衛衛點開電腦管理大師軟體，見還是第二版，點了升級鍵。幾分鐘後，升級完成，她又打開網頁，上了中文上網網站。

葉十三和伊童不知道范衛衛的用意，二人面面相覷，一臉驚訝。

「你們的網站雖然推出時間還不長，但已經是國內最大的類型網站了，訪問量僅次於索狸和絡容，而且訪問量還在激增，相信不用半年，就會成為國內訪問量最大的網站……沒有之一。」

范衛衛笑得很燦爛，「是不是覺得前景一片大好，是不是已經有人和你們接觸了？」

「沒錯。」伊童一臉自豪，中文上網網站的發展速度之快，遠超出她的想像，也確實如范衛衛所說，已經有國外的資本家和她接觸，正在洽談投資事宜，她預計，如果現在轉手賣出網站的話，至少千萬美元起跳。

也有風投開出了五百萬美元持股百分之五十的條件，她沒有同意，不能讓對方有主控權，否則她辛辛苦苦創下的基業就毀於一旦了；而且在她看來，不出一年，公司的價值達到數千萬甚至一億美元也不是沒有可能。

「你們面前有兩條路，」范衛衛看出伊童一臉的自豪，不動聲色地說：「第一，現在趕緊賣掉網站，不管是幾百萬美元，賺一筆快錢就放手，也是聰明的決定。第二，加盟我們的公司，我們可以讓你們繼續發展壯大下去，而不是被商深的殺招一劍封喉。」

「怎麼又扯上商深了？」

葉十三被范衛衛的故弄玄虛弄得很心煩，冷笑一聲，「商深的公司不管是實力還是發展前景都比不上我們，別說他沒有精力來對付我們，就算有，也得有那個能耐才行。范小姐，你如果是想利用商深和我們的矛盾來挑撥離間，想讓我們成為你們的傀儡的話，那麼對不起，你的如意算盤落空了。」

伊童也失去了耐心，覺得范衛衛太矯情太做作了，有什麼事不明說，非要故佈迷陣，轉身想要走：「對不起范小姐，我們還有事，再見。」

「等一下，我話還沒說完呢。」

范衛衛察覺到伊童的不耐，並沒有流露出不快之意，她就是故意讓伊童和葉十三兩人的耐心接近臨界點，好在發出最後一擊時，威力達到最大的效果。

「我想你們很清楚你們的網站之所以迅速崛起的原因，一是沒有一個可以一統天下的搜尋引擎，所以你們搶佔了先機；二是你們的創意確實不錯，想到了別人沒有想到的點子；三是你們的外掛程式十分霸道，安裝後就沒有辦法卸載，強行留住用戶資源。但是你們想過一種可能沒有？」

「什麼可能？」伊童走到門口又站住了，「你們的搜尋引擎網站上線後，會封殺我們？」

「不用我們封殺，商深已經對你們出手了。相信等不到我們網站上線，你們的網站就被商深打敗了。」

范衛衛打開電腦管理大師軟體，已經升級最新版的電腦管理大師多了一個清除惡意外掛程式的功能。

「葉十三，伊童，你們應該還沒有升級最新版的電腦管理大師軟體吧？」

葉十三和伊童對視一眼，二人同時點了點頭。

對商深推出的電腦管理大師和螞蟻搬家這兩個軟體，說實話，葉十三和伊童也在使用，對這兩款軟體的評價很高，只不過因為作者是商深的緣故，很少主動提及，有意避而不談這兩款軟體的影響力。

還有一點，兩人也認為商深的軟體雖然不錯，卻和他們的網站沒有什麼交集，也沒有衝突，等於是各走各的路，所以沒有感到任何威脅。

「你們是不是覺得商深的軟體和你們的網站沒有什麼關係？你們錯了，大錯特錯。」

范衛衛點開網頁，在地址欄輸入了一個中文名稱，中文名稱被解析為英文網站之後，迅速跑出英文網址，成功登錄網站。

「你們的網站依賴於你們的外掛程式，如果沒有了外掛程式，你們的網站就成了擺設！」

范衛衛的話有如一把殺意森然的寶劍，正中伊童和葉十三的心臟！

二人對視一眼，目光中都露出駭然之意，范衛衛說得沒錯，如果外掛程式被卸載了，在欄位輸入中文網址後就無法轉換英文網址了。也正是如此，葉十三才採取惡意手法，讓用戶無法卸載外掛程式，如此才可以保證中文網址的市場佔有率。

「你們太小看商深了，以為商深不會採取卑鄙的手法對付你們，哈哈，你們大錯特錯了！」范衛衛至此已經完全掌控了主導權，她點開清理惡意外掛程式功能，然後點擊掃描，「商深一出手，你們的末日就來臨了。」

葉十三和伊童不再將范衛衛的話當做是危言聳聽，二人緊張地盯著電腦螢幕，十幾秒後，電腦管理大師跳出一個視窗：「找到惡意外掛程式，是否清除？」

范衛衛得意地說：「你們的程式被商深的軟體列為惡意外掛程式，你說商深是假公濟私還是大公無私？他是對事不對人，還是因人廢事？」

葉十三一把推開范衛衛，點下清除的按鈕，電腦管理大師軟體運行片刻後提示：「已經清除惡意外掛程式，需要重新啟動電腦，是否現在重新啟動？」

幾乎沒有猶豫，葉十三點下了「是」。電腦自動重新啟動。重新啟動的過程頂多一兩分鐘，對葉十三和伊童來說，卻如同過了一天一樣漫長。二人緊張地手心和額頭都出汗了，儘管房間內空調開得很足，二人卻還是從心底感覺到一股寒意瀰漫全身。

如果商深真的這麼惡毒，用釜底抽薪的辦法強行卸載中文上網的外掛程式，那麼他們所有的努力都將付諸東流；一旦使用者成熟之後，不再需要中文上網，想都不用想，大部分人都會卸載中文上網外掛程式。

如果出現大面積卸載中文上網外掛程式事件，中文上網網站的前景將會一片黯淡。

原本是想利用網民的無知先佔領市場，先佔領市場就是搶佔至高點，等以後網民成熟到知道外掛程式有惡意行為的時候，公司已經成長壯大起來，或是轉手賣出了，到時肯定可以想到其他的應對之策，卻沒想到商深突然就出手狙擊，而且還是一槍致命的悍然一擊。

電腦啟動後，葉十三迫不及待地打開流覽器，然後在位址欄再輸入中文，發現果然失效了。他不甘心，當時編寫外掛程式時，他採取內建的方法，除非破解原始程式碼，否則不可能卸載——商深的電腦管理大師真的可以正常卸載他精心編寫的外掛程式？

不可能！為什麼？憑什麼？葉十三驚呆當場，幾乎不敢相信自己的眼睛！

商深不可能是竊取了他的原始程式碼，他的原始程式碼保存在自己的電腦中，商深完全沒有機會接觸。那麼只能說明一件事——商深破解了他的外掛程式！

就好比一個病毒作者寫出的病毒被殺毒軟體的作者破解了代碼並且殺死了一樣，一個出招，一個接招，不但一舉化解了出招者精心準備的致命一擊，而且還將出招者的招勢完全封死。換句話，出招者雖然出招在先，搶佔了先機，卻還是被接招者破解，等於還是接招者棋高一招。

雖然葉十三也知道從小到大，在智力上他比不過商深，但中文上網外掛程式是他精心編寫的程式，他自認放眼國內無人可以破解，正是因此，他才信誓旦旦地向伊童吹噓保證，至少三年之內，別說普通用戶了，就是電腦高手也沒有辦法卸載他的外掛程式，除非微軟親自出手禁止他的外掛程式的安裝。但微軟本身連殺毒軟體都不提供，肯定不會有閒心去清理一些外掛程式。

然而怎麼也沒有想到，短短幾個月時間，商深就一舉破解了他的外掛程式，而且還能卸載得乾乾淨淨——沒錯，等葉十三再打開軟體的安裝目錄才發現，商深不出手則已，一出手就是石破天驚的一擊，徹底將他的外掛程式卸載得連一絲痕跡都沒有！

氣死人！惡毒到沒有人性！

葉十三憤怒了，商深此舉等於是正式向他宣戰，因為嫉妒他的飛速發展，竟採取下流卑鄙的手段，將中文上網網站扼殺在起步階段。

「真的被卸載了？」伊童不確定地問。

「是的，被徹底清得一乾二淨。」葉十三一臉灰白，目光露出狠色，一拳打在桌上，怒吼道：「商深簡直欺人太甚！」

「後果有多嚴重？」

伊童被葉十三的舉動嚇了一跳，雖然她知道外掛程式被卸載很糟，卻沒有葉十三想得長遠，她以為頂多拖慢網站的發展速度，不會帶來致命性打擊。

「一般用戶不會想到要卸載外掛程式，而且電腦管理大師的普及也遠不如我們的程式，應該不會帶來多大破壞性的影響吧？」

葉十三搖搖頭，還沒有開口，范衛衛冷笑一聲，道：「伊童，你想得太輕鬆了，也太想當然了。根據我昨天的監測資料顯示，電腦管理大師版本更新之後，下載量明顯比前兩版增加許多，這說明一件事——電腦管理大師的知名度越來越高了。不是我貶低你們，你們的網站雖然在初期階段比商深的軟體更快速地佔領了市場，看似公司的發展前景很不錯，其實你們所走的路還是太狹窄太冒進了，是獨木橋，也是羊腸小徑，遠遠比不上商深的陽光大道，商深在起步階段是比你們慢，但一旦追趕上來，會將你們遠遠地甩到身後，知道為什麼嗎？」

范衛衛的話十分刺耳，伊童微微皺眉：「為什麼？」

「因為你們的做法是綁架用戶，是利用用戶的無知來贏得市場，而商深是順應市場，是照顧用戶的使用習慣，處處以方便用戶為出發點，隨著電腦和互聯網的普及，以及用戶素質的提升，你們遲早會被淘汰，反觀商深的軟體卻會有越來越大的規模。」

范衛衛雖然痛恨商深，卻不得不佩服商深的遠見卓識和大巧若拙的推廣手法，相比之下，葉十三和伊童就有投機取巧之嫌。出發點的不同，代表了人格的不同，越是尊重用戶尊重市場的人，越有希望贏得非凡的成功。

綁架用戶、強制裝設外掛程式，以及強行隨機啟動是許多國產軟體的通病，為了推廣自己的軟體，想要自己的軟體佔領更多市場而有的習慣性思維，許多國產軟體都有自動隨機啟動、強行篡改主頁，或是帶有惡意記錄使用者習慣等不友善的行為，雖然不能算是病毒，卻有病毒的特徵，常常被國外的殺毒軟體判定為木馬程式。

隨著時代的發展，用戶水準的提高，慢慢對帶有不太友善行為的軟體有了提防之心，以至於到後來都不再下載類似軟體，許多名動一時的軟體或是安裝惡意外掛程式的網站，要麼被防毒軟體幹掉，要麼被使用者摒棄，最終自取滅亡。

利用別人無知是對他人的不尊重，不尊重別人的人，最終會被別人不尊重，這是市場規律，誰也無法逍遙在規律之外。

第二章

見招拆招

正是因為對王江民的經歷瞭若指掌的原因，
商深心中篤定，相信在接下來和葉十三的較量中，他不會落後太多。
反正不管葉十三有什麼新招怪招，他都好整以暇，
隨時接招，見招拆招就行了。

「現在商深的電腦管理大師下載量正在呈現逐漸上升的趨勢，而你們的中文上網網站雖然發展的勢頭沒有減弱，但我相信，隨著電腦管理大師軟體的影響力越來越廣，你們的網站名聲會越來越差。互聯網是一個沒有邊界、沒有秘密的世界，口碑相傳會帶來連鎖反應，此消彼長之下，不出三個月，你們的網站就會止步不前，半年後，會徹底死掉。」

范衛衛淡淡一笑，又打開一個網站，這是一家以提供下載軟體為主的網站，點開軟體下載排行榜，電腦管理大師赫然排名第一位，下載量高達數十萬之多。

「對大多數用戶來說，電腦管理大師是必備軟體，但中文上網網站卻不是必上網站。如果下一步商深再使出更厲害的殺招，凡是安裝電腦管理大師軟體的使用者，電腦管理大師都會自行清除中文上網外掛程式，你們說，你們還有半年時間嗎？」

葉十三和伊童終於成功地被范衛衛帶到狀況中，二人眼中都流露出驚恐之意。

「你們再看看軟體下面的評價……」

范衛衛讓開電腦螢幕，她從葉十三和伊童的神情變化中知道她已經完全掌控了二人的情緒，心中微微得意，在美國學的心理學課程總算沒有白費，將心理學知識運用到商業合作上，確實是神來之筆。

葉十三和伊童看了幾眼電腦管理大師軟體的使用者評價，頓時臉色大變。

每款下載軟體都有使用者評分和用戶評價，電腦管理大師的用戶評分高達九點五分以上，說明商深的軟體深得人心，大受歡迎，而在下面的評價中，大多數使用者都對軟體給予了十分滿意、希望作者再接再厲以及針對中文上網程式的評語：

「中文上網外掛程式太噁心了，安裝後就卸載不了，害得我重灌電腦。要是電腦管理大師早點推出卸載外掛程式的功能就好了。」

「中文上網外掛程式一開始確實還算好用，但時間一長，會拖慢電腦，而且還會自動解析到中文上網網站，為網站導入流量，有惡意的木馬行為，我早就想卸載了，可惜一直卸載不了，太流氓太無恥太不要臉了，還好電腦管理大師可以成功幹掉這個流氓外掛程式，謝謝電腦管理大師。」

「太好了，居然能成功卸載中文上網外掛程式，太神了，我一定要向身邊的人推薦電腦管理大師，簡直是裝機必備軟體。」

「為了卸載中文上網這個流氓外掛程式，我想盡了一切辦法，花了三天三夜時間，結果還是沒有搞定，我都要絕望了，沒想到電腦管理大師橫空出世，增加了清理外掛程式的功能，太及時了，給商大俠鞠躬。」

「一級警告，一級警告，提醒大家不要上中文上網網站，因為中文上網網站會自動在你的電腦上安裝一個外掛程式，這個外掛程式會劫持你的流覽器，拖慢你的電腦，還會記錄你的上網痕跡，會在你不知道的情況下，你的電腦一直在上中文上網網站，為他們導入流量，也就是說，你們的電腦是他們的肉機。」

「開發中文上網外掛程式的人絕對是一個無恥並且下三濫的流氓無賴垃圾，害得我重灌了好幾次電腦，真不是東西！」

後面的評論還有很多，大多是盛讚電腦管理大師、痛罵中文上網外掛程式的話，群情激奮，罵聲連連。葉十三出了一頭冷汗，再看伊童，也是臉色極差，幾乎要跳腳罵人了。

葉十三和伊童原以為兩個各自風馬牛不相及的軟體，竟然讓商深和他們相提並論並且狹路相逢！

商深是故意為之，是有意阻擋他們前程，毀掉他們前途，以光明正大的理由背後出手！葉十三憤怒了，商深欠他一個解釋，他拿起電話要打給商深，才拿起手機，手機卻正好來電了。

「十三，出事了。」電話一端傳來畢京著急的聲音。

「我在一家網吧上網，網速突然變慢，網吧老闆說查不出來是什麼原因，然後有一個電腦高手說，是因為網吧的電腦都安裝了中文上網外掛程式，導致網速下降，唯一的辦法就是卸載中文上網外掛程式……」

葉十三的一顆心提到了嗓子處，現在網吧的電腦是他們的大客戶，全國至少有十幾萬台網吧電腦，如果這些電腦全部卸載了中文上網外掛程式，他們將會損失至少三分之一的市佔率。

這麼一想，葉十三才意識到商深一劍封喉的厲害，他冷汗淋漓問道：「然後呢？」

畢京的震驚絲毫不亞於葉十三和伊童，甚至有過之而無不及，他一直看不起商深，覺得商深沒什麼本事，除了會花言巧語地哄騙女孩子外，唯一會做的事就是程式設計，會程式設計的人多如牛毛，商深不過是萬千浪花中的一個，很快就會被淹沒了。

即使商深推出螞蟻搬家和電腦管理大師軟體，畢京也覺得沒有什麼了不起，何況一開始兩款軟體還沒引起什麼回響，他就更對商深輕視了，認為商深也不過爾爾，還想超越他？想比他強？做夢！

等螞蟻搬家和電腦管理大師逐漸紅遍互聯網，下載量逐步攀升，成為裝機量最大的軟體之後，畢京雖然不服氣，卻也不得不無奈地接受現實，商深上升的勢頭已經勢不可擋了。

但與此同時，他的配件廠也迎來更好的發展，不但銷量大增，而且準備擴建，照此速度發展下去，不出兩年，他有望成為年輕的千萬富翁。

他深信商深的軟體發展速度再快，也不會為他帶來千萬以上的財富。畢京因此依然優越感十足，認為商深必定在他面前一敗塗地。

范衛衛的出現讓他喜出望外，而她約他相見更是讓他欣喜若狂。她約他在一家名叫拐角遇到愛的咖啡館見面，充滿了暗示和曖昧意味的名字，讓畢京多了許多猜測和遐想。

更讓畢京感到幸福的是，范衛衛開門見山地說明來意，說她會信守當年的承諾，如果他在一年之期時比商深更有成就，她就會做他的女朋友，當然，前提條件是他還沒有女朋友。

畢京幾乎不敢相信自己的耳朵，儘管他相信范衛衛是個說話算話的女孩，但相信歸相信，親耳聽到范衛衛的話後他才確信無疑，如果不是努力克制住情緒，他險些當場失態高呼萬歲。

畢京當即表示，他還沒有女朋友，然後誠懇地向范衛衛表示歉意，說他暫時接受了伊童的求愛，實際上他對伊童沒有半分感情，是伊童太過主動，他不好意思拒絕她，才勉強和伊童在一起的，他和她只不過是名義上的男女朋友，實際上他對她毫無感覺。

為了撇清自己，他還進一步說伊童其實和葉十三最合適，二人現在合開了一家公司，有越走越近的趨勢。

范衛衛卻不想聽畢京過多的解釋，只強調一個前提，首先要畢京勝了商深。畢京拍著胸膛向范衛衛保證，他一定會將商深遠遠地甩到身後。

和范衛衛的見面時間雖然不長，卻讓畢京全身上下充滿了活力，愛情的力量果然驚人，他忽然覺得以前都白活了，而伊童完全不能和范衛衛相比。

鼓足了幹勁，立志一定要超越商深的畢京，自從和范衛衛見面後，每天都生活在滿足和幸福中，不管做什麼事都幹勁十足。一想到不用多久就可以將商深踩在腳下的同時又抱得美人歸，他就覺得人生無比美好，充滿了希望。

今天他有事需要上網處理，正好筆電故障，公司樓下就有網吧，於是畢京來到網吧，不料才上了一會兒網，就出現網速變慢的情形。

網吧老闆苦著臉說他卸載不了中文上網外掛程式。網吧裡幾乎所有的人都說他們也不會卸載這款外掛程式，正當畢京沾沾自喜，為葉十三綁架用戶的策略暗暗叫好時，一個看上去像是初中生的小女孩跳了出來，以怯生生的聲音說出一句讓所有人大吃一驚的話：

「最新版的電腦管理大師軟體可以卸載中文上網外掛程式，而且清理得十分乾淨。這款軟體的作者商深也是螞蟻搬家的作者，太厲害太帥了，我好崇拜他。」

她的話有如一塊石頭丟到水中，頓時引發在場眾人，包括網吧老闆一片騷動，在網吧老闆的帶動下，所有人都升級了電腦管理大師，然後卸載了中文上網外掛程式，網速變得飛快，人人驚嘆不已。

如果是別人，不會知道此事意味著什麼，但畢京不是別人，是葉十三最好的朋友，立刻嗅到了山雨欲來風滿樓的氣息。畢京憂心忡忡，知道商深此舉等於正中葉十三的要害，如果葉十三沒有防範之計的話，將會前功盡棄，之前所有的成績立即會付諸東流。

商深這招夠狠，眼見葉十三的事業蒸蒸日上，羨慕嫉妒，又沒有辦法從正面超越葉十三，就出此下策，真是個卑鄙無恥的小人。

放下電話，葉十三感覺全身的力氣都被抽光了一樣，一屁股坐在椅子上，幾乎要虛脫了。

如果說剛才他還沒有意識到問題的嚴重性，以及商深的電腦管理大師可以卸載外掛程式所引發的重大後果，那麼網吧事件讓他看清了一個事實——商深的軟體提供的卸載外掛程式的功能，就如可以蔓延的病毒一般，會在極短時間內形成一股浪潮。

商深的浪潮就是他的末日！

「現在知道我的話不是危言聳聽了吧？」

范衛衛心中暗道一聲：天助我也，網吧事件讓她不用再大費周章地擺平葉十三和伊童了，商深的軟體帶來的效應越大，就越會讓葉十三和伊童向她靠攏，並且成為她的追隨者。

商深，你別怪我在背後捅你一刀，要怪就怪你對我太無情無義，怪你對葉十三出手太狠了。歸根到底，怪你自己太不會做人了。

現在葉十三和伊童已經完全相信范衛衛了，二人如同抓住最後一根救命稻草一般，求救地看向范衛衛。

「現在怎麼辦，范總？」

葉十三對范衛衛的稱呼從范小姐上升到了范總，等於是心理上先認同了范衛衛的領導地位。

「分兩步走。」范衛衛拿出指揮若定的領導風範，道：「第一步，也就是從正面回擊商深，你們儘快重新編寫外掛程式，道高一尺魔高一丈，爭取改進後的外掛程式讓商深的軟體無法卸載，這樣就會重創電腦管理大師的信譽，讓許多人對電腦管理大師不再信任。當然了，至於你怎麼去找商深，和他面對面談判，讓他不要對你下手，就是你和他之間的個人恩怨了。第二步，也就是等代總和我的公司上線之後，我們的搜尋引擎會全面封殺商深的任何一款軟體，讓商深從此永無出頭之日。」

如果仔細分析，在和商深的對抗中，范衛衛根本就不用出一分力氣，就連所謂的全面封殺商深，也只不過是個空頭支票，首先，先不說代俊偉的公司什麼時候才會上馬，其次，上馬後能不能具有全面封殺商深的能力還未可知，最後，就算代俊偉的搜尋引擎真的擁有了一統天下的影響力，到時代俊偉是不是願意誅殺商深也很難說。或者從另一個角度來說，到時商深是不是已經成長為一個讓代俊偉也無可奈何的龐然大物也不得而知。

但此時的葉十三和伊童已經方寸大亂，哪裡還會深思范衛衛的許諾是畫餅充饑。此時范衛衛的話聽在葉十三和伊童耳中，猶如天籟之音，讓二人瞬間找到了方向。

「對，對，就這樣辦。我回頭修復一下外掛程式的代碼，讓商深的軟體卸載不了，商深就算再重新破解我的代碼，最少也需要一個月時間。只要他一破解，我就再修復，反正就讓他一直追著我跑，怎麼也跑不贏我。」

葉十三想好了應對之策，一顆心慢慢平靜不少，不再像剛才一樣緊張加不知所措了。也是，不管商深怎麼使壞，他總是落後他一步，怕他何來?!

「嗯，好主意。」范衛衛才不管葉十三到底用什麼辦法對付商深，她在意的只是她能不能完全掌控葉十三和伊童。

見一切順利，她滿意地笑了，「今天就先這樣吧，晚上我還有安排。」

「晚上一起吃飯吧，我請客。」

伊童很想繼續和范衛衛深談下去，突如其來的事件讓她想和范衛衛結為同盟，聯手對抗商深。

「不了，我已經有安排了，下次吧，下次我請。」范衛衛伸手一摸伊童的肩膀，「伊姐，不要擔心，有我在，商深別想興風作浪，沒有人比我更瞭解他了。我晚上還要和王陽朝、向落見面，談合作事宜，順便讓他們提防商深，所以今天晚上的會面很重要。」

葉十三長舒了口氣，原來范衛衛正忙著圍堵商深，太好了，他緊緊地一攥拳頭：「既然這樣，就不留你了，下次我們再聚。」

「沒問題，再聚的時候，記得叫上畢京。」范衛衛嫣然一笑，眉眼之間風情畢露。

葉十三心領神會地哈哈一笑：「好說，好說。」

伊童眼中閃過一絲不快，不過隨即消失，她想通了，反正畢京對她也沒有什麼真情實意，隨他去好了，她和葉十三的關係倒隱隱有了突破之意。不過一想到葉十三的夢中情人是崔涵薇時，她心裡就又不舒服了幾分，怎麼總是這麼糾纏不清，從小到大，崔涵薇一直就是她的惡夢，始終縈繞在她的左右，讓她難以心安。

范衛衛告別葉十三和伊童，下樓而去。

她到吧台結帳的時候，假裝漫不經心地說：「你們店裡的服務員小鐺，人真不錯，我要特別表揚她。」

「拐角遇到愛」的老闆是一個婚姻離異的美女，名叫沙莎，長得珠圓玉潤，三十五歲的年紀，正是風韻迷人之時。

沙莎掩嘴一笑：「小鐺這丫頭是不錯，好多客人誇她呢。」

「是呀，她真是一個善解人意的好女孩，剛才讓我用了樓上的電腦室，才收我十美元，連小費都沒要。要是在國外，最少要收二十美元的小費，讓我省了不少錢呢。」

話說完，范衛衛便轉身揚長而去。

沙莎愣了愣，這才反應過來范衛衛是在向她投訴小鐺私自向客人收費，電腦室本來就是對客人免費開放的場所，小鐺居然還收客人十美元，太過分了！

她頓時怒火升騰：「小鈴，叫小鐺過來。」

小鐺被扣了三個月獎金外加一個月工資，從此她畏范衛衛如虎，對范衛衛敢怒不敢言。

對范衛衛因愛成恨，在背後鼓動葉十三對他正面為敵的所作所為，商深一無所知。

週六的晚上，他和崔涵薇、徐一莫一起吃過晚飯，回到家。崔涵薇和徐一莫燒水泡茶，商深打開電腦上網，查看電腦管理大師的下載量和評論。評論是直接聽取用戶意見，並且改版的重要參考，想要更貼近市場、更符合用戶的使用習慣，必須時刻知道用戶的反應。

見管理大師軟體的下載量已經接近螞蟻搬家，而且上升勢頭很快，相信不用多久就會超越螞蟻搬家，商深心中大定，再看到下面的評論對電腦管理大師可以卸載中文上網外掛程式的功能幾乎是一面倒的支持和稱讚，更是欣慰幾分，一切為用戶需求為依歸是他的理念，這樣的公司才會有未來。

不過，一想到此舉對葉十三帶來的打擊，他的心情便沉重了幾分。雖然下載量他可以掌握，卻無法知道到底有多少電腦管理大師的用戶卸載了中文上網外掛程式，也就是說，他無從得知他的軟體會對葉十三造成多大影響。

但願葉十三可以理解他，不會認為他的做法是故意針對他。

天地良心，他只是為了用戶著想，不想讓用戶被綁架。互聯網本是一個開放透明的世界，不能再用傳統的綁架消費習慣來左右用戶的需求。葉十三的做法如果在國外，會被用戶告上法庭，然後罰他一個傾家蕩產。

正想得入神時，電話響了。是歷隊來電。

「商深，三點零版的電腦管理大師比以前進步了許多，恭喜你。不出意料的話，一個月後，電腦管理大師的口碑就會帶動下載量翻倍。」

歷隊的聲音中頗有興奮之意，電腦管理大師的成功讓他對即將推出的七二四軟體更有信心了。

「我想問你一個問題，商深，你能不能告訴我實話？」

商深呵呵一笑：「歷哥儘管問。」

「你的施得電腦系統公司以後要走軟體公司之路嗎？」

歷隊身為銀峰軟體的總經理，從商業的角度考慮，自然會將市場上已經存在或是即將出現的競爭者都要做到心中有數，如果商深和崔涵薇的公司要走軟體之路，那麼勢必會和銀峰軟體成為直接的競爭對手。

「不會。」商深肯定地回答歷隊，對公司以後的發展方向，在公司還沒有成立時，他心中已經有了決定。

「君子不器，施得公司以後會走控股公司之路，而不是拘泥於某一種營運方式，所以施得公司既不會是單一的軟體公司，也不會是一般的網站公司，當然了，施得公司會是依託於互聯網的控股公司。」

「有志向。」歷隊對商深的構想大加讚賞，他原以為商深的志向僅限於一家可以賺一筆快錢的軟體公司，沒想到商深志向如此遠大，他不禁由衷感慨，他還是小瞧了商深。又一想，作為技術出身的商深，居然有如此高瞻遠矚的商業眼光，確實非同一般。

「你要小心葉十三的反撲。」思路回到眼下，歷隊鄭重其事地提醒商深，「你的電腦管理大師肯定對葉十三的外掛程式造成重創，他會在兩方面反擊，一是重新編寫代碼，讓你的卸載失效，二是他有可能找你面談，要求你不要針對他。商深，你想好對策沒有？」

沒有人比商深再瞭解葉十三了，葉十三會有什麼樣的反應，商深已經設想了許多種可能：「謝謝歷哥的提醒，我已經有應對的辦法了。」

「這就好，需要我幫忙的時候就說一聲，我可以和你互為呼應。」

「沒問題，需要的話，我一定會請歷哥出面幫我製造聲勢。」

商深十分感激歷隊對他的關心，不過卻沒有多想，他認為他和葉十三的事，由他和葉十三直接解決比較好，不需要外人插手。

商深不知道的是，他以為他和葉十三的恩怨是他們兩個人之間的事，但由於范衛衛的介入，早已上升到中國互聯網第一次商戰的高度，而且在商深最意想不到的時刻，戰爭的規模持續擴大並且升溫，最終演變成一場波及到整個互聯網的驚天之戰。此為後話。

剛掛斷歷隊的電話，讓商深心中一跳的是，葉十三的電話隨即就打了來。

葉十三的電話比商深預料中還要晚上一些時間，商深原以為在他的軟體發佈後廿四小時內就會接到葉十三的來電。卻沒想到過去了整整一周，葉十三的電話才姍姍來遲。

由此也說明了一個問題，要麼是電腦管理大師對中文上網外掛程式的衝擊力度不大，要麼是葉十三並沒有使用他的軟體。

商深接聽了葉十三的電話。

「深子，叔叔快過生日了，我想送他一個生日禮物，你說是送他一箱酒好，還是一條菸好？」

讓商深沒想到的是，葉十三的開場白居然是提到爸爸的生日，一想也是，爸爸的生日就在下禮拜，難得葉十三比他還清楚記得爸爸的生日。

「叔叔好像最近常喝二鍋頭和老白乾，要不我各送他一箱好了，外加一條荷花菸，怎麼樣？」葉十三的語氣透露出親情，此時的他，似乎仍然是商深十幾年情誼的發小。

「不必了。」若是以前，商深會被葉十三的表演迷惑，現在他卻淡定許

多，知道葉十三的話摻雜太多水分，太多虛情假意

「今年我爸不過生日，就不勞你費心了，謝謝。」

「商深，我們之間非要兵戎相見不可嗎？」葉十三的語氣也瞬間冷了下來，「我們曾經是多好的朋友，怎麼會走到今天這種地步？我沒有做什麼對不起你的事，你為什麼非要對我這麼絕情？非要把我趕盡殺絕嗎？」

「十三，你想多了，我是對事不對人，中文上網外掛程式不管是不是你的作品，我都一樣會清理。對市場上不遵守基本規則亂來的行為，電腦管理大師都不會坐視不理。」商深明確地回答葉十三。

葉十三沉默片刻，聲音多了一絲悲壯：「這麼說，你是要和我不死不休了？」

商深早已對葉十三的話語免疫，淡淡地說：「你錯了，我不是和你不死不休，我只是出於維持市場秩序的想法。我再強調一次，電腦管理大師是對事不對人，希望你不要把所有事情都複雜化。」

「有沒有時間，我們見面談一談？」葉十三想再次試探商深的底線和決心。

「最近沒有空，不好意思。」

商深知道和葉十三面談也不會有什麼結果，葉十三不管怎樣都不會相信他的做法是出於大公無私的心態。

「好吧。」葉十三沉吟了一會兒，彷彿下定很大決心一樣，「既然你不想坐下來談，那麼我們就只能戰場上見了。如果以後我不小心傷到你，商深，你也要相信我是無心之舉，我和你一樣，是對事不對人。再見！」

收起電話，商深心情多少有幾分波動，他來到客廳，見崔涵薇和徐一莫正在看電視節目，看得津津有味，還不時發出開心的大笑，不由也笑了。

電視的發明讓人類的娛樂進入了傻瓜時代，電視節目所呈現的視聽效果，以畫面的形式讓每一個觀眾不需要動腦就可以完全被動地接受，也就是說，任何人都可以看得懂電視節目，由此，電視才會在短短時間內得以普及，並且影響了無數人的生活習慣。

那麼，電腦的普及會和電視一樣迅速嗎？

電腦和電視有著巨大的不同，電視是純娛樂工具，不具備任何生產力，對個人來說，也不產生任何附加價值；電腦則不同，電腦既可以是娛樂工具，也可以是生產工具，不但可以用來娛樂，也可以拿來創造財富。如果說電視的普及是娛樂休閒放鬆的需要，那麼電腦的普及就是生存的需要。

相比之下，還是生存更為重要。所以從生產工具的角度來說，商深堅信電腦的普及一定會比預料中來得更快更有力度。因為以目前的科技發展來看，以後的企業會越來越依賴電腦，不管是文字處理、收發郵件，還是繪畫、程式設計等等，幾乎無所不能。如果說電腦是人類歷史上最偉大的發明，相信不會有太多人持反對的意見。

也許有一天網速進一步提升，飛速到可以在網上觀看電視節目的地步，到時電腦就有了替代電視的可能。

商深一時想多了，沒再去想葉十三對他的威脅，儘管他大概可以猜到葉十三會有什麼反擊手段，隨便他好了，葉十三重寫代碼，他就隨即更新電腦管理大師就行了。

他要向前輩王江民學習。作為殺毒專家的王江民一向認為反病毒專家沒有病毒作者的水準高，因為編寫病毒程式的人多，而反病毒的人少，幾個反病毒專家的力量怎麼能夠和數不勝數的發病毒的人相比？另外，編寫病毒是在暗處，並且先發制人，而反病毒是在明處，是後發制人，所以，反病毒者永遠會落後病毒製造者一步，也無從得知他們正在琢磨什麼怪招。

從某種意義來說，惡意外掛程式也算是輕微的病毒程式，只不過還沒有到影響電腦安全的地步。如果說病毒對電腦來說是一場必須打針吃藥、動手術才能治癒的大病的話，那麼惡意外掛程式就好比是感冒的程度。

不過話又說回來，如果經常感冒也不治療的話，人也受不了。同理，電腦也是。

王江民在推廣他的殺毒軟體KV300時，曾經和一個病毒高手發生過一場著名的戰鬥。當時有一個名為合肥一號的病毒十分囂張，幾乎無人查殺。王江民的KV300後來殺掉了合肥一號，合肥一號的作者大怒，居然解密KV300，把合肥一號的病毒直接嵌入到KV300中，然後把帶有病毒的KV300放到BBS上進行傳播。

病毒發作後，合肥一號病毒作者馬上就在網上大肆宣傳KV300本身就藏有病毒，由於傳播很廣，對KV300的聲譽造成了不小的負面影響。王江民挑燈夜戰，很快再次破解了合肥一號病毒，並且將之封殺，總算恢復了KV300的聲譽。

然而病毒作者不甘心失敗，便在網上叫囂，說為什麼只有王江民能殺這個病毒，而別人殺不了？就是因為王江民自己編寫這個病毒的，借此詆毀王江民的名譽，又炮製出合肥二號病毒。只是讓他傻眼的是，王江民大手一揮，又在短短時間內破解他的合肥二號病毒。從此，他被王江民徹底制服，從此退出江湖。

查殺病毒並非外界想像中那麼輕鬆容易，病毒作者雖然編寫病毒的出發點不同，造成的危害也有大有小，但相同的是，病毒作者的智商都相當高，許多病毒作者為了避免自己的病毒被殺，會讓病毒無數次變形，並且深層加密，讓殺毒者無從下手，除非先破解加密的方式，否則無法追殺。

曾經有過一個病毒上海一號，王江民截獲後，第一時間將之查殺。但隨後又出現了上海二號，經過幾天的破解，王江民又將上海二號扼殺，讓它連走出上海的機會都沒有。

然而讓王江民意想不到的是，病毒的作者竟然又編寫了上海三號病毒。相比前兩版，三號病毒更隱蔽，危害更大。

這一次王江民並沒有急於破解三號病毒，而是將之前的一號二號病毒，連同三號病毒全部拿來細心研究了一遍，從中總結出作者的思路和代碼規律，等於是作者的一舉一動已經被他瞭若指掌，於是，他編寫了一個廣譜查毒代碼，專門針對這個作者的思路，只要是他寫的病毒就逃不過KV300的查殺。廣譜查毒代碼就和抗生素是一樣的道理，可以根據特徵碼查殺類型病毒。

正是因為對王江民的經歷瞭若指掌的原因，商深心中篤定，相信在接下來和葉十三的較量中，他不會落後太多。反正不管葉十三有什麼新招怪招，他都好整以暇，隨時接招，見招拆招就行了。

第三章

女人心

「女人心，海底針，在國外的時候她不理你，
是和你在地理上隔了千山萬水的距離，
現在回國了，你和薇薇的感情才剛剛開始，還沒有進入穩定期，
她雖然表面上和你保持距離，但心理距離的跨越，往往只在一念之間。」

「商哥哥，今天晚上我和薇薇都不走了，你歡迎不歡迎？」徐一莫抓了一把爆米花，仰著臉，期待商深肯定的回答。

近來崔涵薇和徐一莫經常留宿，商深早就習慣了兩人的存在，正要和往常一樣一口答應時，徐一莫又開口了：「不對，補充一下，是我和薇薇之外，還有一個客人一會兒也要過來，說不定她也會留宿，不知道你和三個美女同居一室，會不會開心得要死？」

「誰？」

商深立刻警惕地瞪大了眼睛，現在他的精力全部放在準備應付葉十三的出招上，不想再出現什麼意外，何況范衛衛的出現又分散了他的注意力。

「杜子清。」徐一莫狡黠地一笑，「子清說好久沒有見到你了，正好她也想見見我和薇薇，又正好明天是週六，不用上班，所以她要過來狂歡。」

「過來就過來好了，狂什麼歡？」商深現在可沒心思狂歡，撓了撓頭，「徐一莫，你又有什麼壞主意，趕緊說。」

「真的沒有啦，你別老想我有多壞嘛。」徐一莫故作扭捏地笑了笑，「好吧，我說實話，杜子清是我邀請來的，她現在和葉十三一起工作，葉十三和伊童的最新動向，她最清楚了。」

商深聽出徐一莫的言外之意，問崔涵薇：「涵薇，你也這樣想？」

「我什麼都沒想，我只想和杜子清認識一下，想從她口中多瞭解一些你和范衛衛的往事。」崔涵薇吃吃一笑，調皮而可愛。

商深無語，他和范衛衛都成了過去式了，怎麼崔涵薇還對他的過去感興趣，不由佯怒：「我和范衛衛的過去清清白白，我還沒有問你以前交過多少男朋友，現在又和誰藕斷絲連呢！」

「我的過去嘛……」崔涵薇眨了眨眼，俏皮地說：「不告訴你。」

商深一屁股坐在沙發上，伸手抱住徐一莫的肩膀：「不告訴我拉倒，反正我也沒有興趣知道，我現在最想知道的是一莫以前有沒有男朋友，現在是不是單身一人？」

「怎麼了，你對我有意思？」徐一莫抓了一把爆米花塞到商深嘴裡，「去你的，我才不要你這個二手男人，我可是從來沒有談過戀愛的純潔少女。」

「我……」商深被爆米花塞了滿嘴，「我怎麼就二手男人了？」

「你先是有一個甜甜，後來有范衛衛，再後來又有薇薇，現在又想追我？你自己算算，到我為止，你是不是都算是四手男人了？」

商深一臉無辜，委屈地道：「我和甜甜連手都沒有拉過，不對，拉過手，但那是小學的事。以後，我和甜甜基本上就很少說話了。和范衛衛，好吧，我承認我和她拉過手，但也僅限於牽手，其他什麼事都沒有發生。至於和涵薇，我和涵薇發生了哪些事，你清楚得很，就不用我解釋了，所以總結得出的結論是，截至目前為止，我還是一個全新從未被使用過的一手男人。」

「哈哈。」徐一莫笑得花枝亂顫，手中的爆米花灑了一地，她一推崔涵薇，「聽到沒有，薇薇，我已經替你問出來了，商深沒拿下范衛衛，他們頂多就是牽手，或許還有接吻，但肯定沒有更深一步的接觸了，這下你放心了吧？」

崔涵薇笑而不語，假裝淡定地端起一杯水慢慢地喝著，眼睛的餘光卻在商深的身上掃來掃去，試圖分辨商深的話是真是假。

和崔涵薇認識以來，在商深的記憶中，崔涵薇從來沒有在意過他和范衛衛的事，也沒有追問過他以前的戀愛經歷，為什麼現在突然在意了？

細一想明白了，之前他一直沒有確定要和范衛衛分手，所以她不在意，現在他已經正式和范衛衛分手了，在崔涵薇眼中，他就成了她獨一無二的專屬品。

既然是專屬品，自然對他的要求和以前也不一樣，崔涵薇產生了危機感。所謂愛之深恨之切，所有的愛裡都包含著恨，所有的恨中也包含了愛。愛恨交織才是人類最真實的情感。

「你放心了吧？」商深故意打擊崔涵薇，「你是放心了，我對你還不放心呢。」

「你是不是很想知道我過去的情史？」崔涵薇咬著嘴唇。

「不想知道。」商深欲擒故縱，「反正我和你也沒有什麼關係，我喜歡的是一莫，我只想知道她的過去。」

「真的？你又移情別戀一莫了？好呀，祝你們幸福。」崔涵薇咯咯一笑，起身去了臥室。

「生氣啦？」商深小聲地問徐一莫，「她不會這麼小心眼吧？」

「怎麼會！」徐一莫悄悄笑道：「她是故意避開，好讓我說她過去的情史。」

「啊，她過去還真有複雜的感情經歷？」

商深心中一緊，平心而論，他不太喜歡感情經歷過多的女人，因為感情經歷越多，對待感情的態度就越輕浮。

「怎麼說呢，說複雜也複雜，說簡單也簡單。」

徐一莫放下了手中的爆米花，拍了拍手，「薇薇是一個追求完美的人，問題是，世界哪裡有完美？所以從幼稚園開始，她就開始了尋找她的男神的漫漫長路。可惜的是，從幼稚園大班到小學、中學以及大學，她滾滾紅塵一路走來，還是惹了一身塵埃。應該說，隨著年齡的增長眼界的提升，她對男神定義的標準也在不斷的提高，結果是，標準越高，越發現身邊的男孩要麼俗不可耐，要麼世俗無比，總之，追求她的男孩無數，被她看上眼的近二十年來只有三個人……」

「三個？」商深的心一下提到了嗓子眼裡，不是吧，崔涵薇都談過三次戀愛了？不公平，他才談過一次，而且還是短命結束的戀愛。

「是呀，三個男生，想不想知道都是誰？」徐一莫擠眉弄眼地笑了笑，抱住商深的肩膀，俯在他的耳邊小聲說道：「快賄賂我，我就告訴你薇薇的三次情史。」

商深緊張地搓了搓雙手：「怎麼個賄賂法？」

「答應我兩件事，一是如果你和薇薇因為種種原因分手了，請注意，肯定不會是因為我，那麼到時你再找女朋友的話，只能是我，而不能是別人。答不答應？」

見徐一莫說得很認真，商深莫名想起了當初徐一莫和他打過的另一個賭——如果他和范衛衛分手了，就必須和崔涵薇在一起。說徐一莫是烏鴉嘴也好，說她是偉大的預言家也罷，他當時怎麼也沒有想到真會和范衛衛分手。

現在徐一莫又說他和崔涵薇如果分手就怎麼怎麼樣，讓他心裡為之一跳，趕忙斥道：「怎麼又亂說？」

「哎呀，我就是隨口一說，你還真當真了？你和薇薇一定會百年好合，地老天荒，海枯石爛，永結同心行了吧？」

徐一莫用力一推商深。

「我的意思是，我和范衛衛分手，如果再和涵薇分手，你還願意接手，你不就成了資源回收站了？」商深嘿嘿地笑道：「你也太大方了吧？」

「這事過去了，不許再提。」徐一莫白了商深一眼，「我就當你答應了。第二件事是……如果范衛衛再回頭找你，要和你重歸於好，你不許答應她！」

商深有些無語，徐一莫難道是《西廂記》裡的紅娘，怎麼這麼喜歡關心別人的感情？

「范衛衛不會回頭的，你就不用瞎操心了。」商深搖搖頭，「她和我分開一年，一句話都沒有和我說過，現在回國，和我又保持了千山萬水的距離，你覺得她還會回心轉意？一莫，你那麼有眼力，難道還看不出來范衛衛對我已經徹底死心了？」

也是怪了，崔涵薇去了臥室後，關上門，就沒有出來，她是真的要為他和徐一莫的談話留出空間？算了，不去想崔涵薇的舉動了，先和徐一莫說個清楚。

「女人心，海底針，誰知道呢？在國外的時候她不理你，是和你在地理上隔了千山萬水的距離，就算理你也是無用；再說，你和她之間還有一個畢京，還有個一年的賭約，現在回國了，你和薇薇的感情才剛剛開始，還沒有進入穩定期，她雖然表面上和你保持距離，但心理距離的跨越，往往只在一念之間。」徐一莫歪著頭道：「也許范衛衛突然醒悟，她之前是誤會你了；或者退一萬步講，她為什麼不能再從薇薇身邊搶回你？」

別說，徐一莫的話還真有幾分道理，范衛衛也是個驕傲的女孩，骨子裡有不服輸的一面。如果她真如徐一莫所說，真的回頭找他，要和崔涵薇一決勝負的話，他將如何抉擇？

「所以你現在答應我，如果范衛衛回頭找你的話，你不許再和她重歸舊好。」徐一莫伸出拇指，「拉勾發誓！」

商深現在明白了，崔涵薇故意避開，就是要讓徐一莫和他談清楚條件，好啊，她和徐一莫一個唱黑臉，一個唱白臉，配合得天衣無縫，完全就是挖坑讓他跳嘛。

不過既然他已經跳坑了，索性跳到底吧，他伸出拇指和徐一莫拉勾後，感慨說：「薇薇何其有幸，交了你這樣一個朋友，她應該好好感謝你才對。好，拉勾發誓，一萬年不變。不過一萬年太久，只爭朝夕，一莫，下面可以說涵薇的三次情史了吧？」

「可以了，沒問題，聽好啦。」

徐一莫清了清嗓子，坐正身子，一本正經地說：

「薇薇的第一次情史發生在幼稚園大班，當時班上有一個叫星寶的男生，長得高大威猛，在薇薇當時的審美觀中，高大威猛就是擇偶標準，結果沒想到，星寶不喜歡她，他喜歡一個叫金鑫的女生。後來薇薇問他為什麼不喜歡她而喜歡金鑫，星寶說，金鑫年少多金，以後肯定是富婆。」

「哈哈。」商深哈哈大笑，「你太能編了。」

「百分之百事實，假一賠十，因為大班的時候，我和薇薇同班。」徐一莫掩嘴而笑。

「第二次是初中，當時班上有一個打籃球的健將，長得又高又帥，薇薇花癡一樣喜歡上了他。在他打球的時候，為他拿水，準備毛巾。他也送薇薇回家，然而好景不長，他們才好了一個星期，就被崔涵柏拆散了。

「你絕猜不到崔涵柏是用什麼方法拆散他們的！崔涵柏對薇薇說，四肢發達的人一般都頭腦簡單，以崔涵薇的聰慧，不適合找一個在體育方面有特長的男友，她適合的男友是有智慧又帥氣的男生。如果只能二選一的話，帥氣可以不要，智慧必須要有。

「薇薇才聽不進崔涵柏的話。崔涵柏也沒和薇薇爭論，而是從校外找了一個很成熟很風塵的女孩，讓她去勾引籃球健將，果然籃球健將移情別戀。薇薇十分傷心失望，就和籃球健將分手了。」

「不分也不行呀。」商深感慨地說。

徐一莫看了商深一眼，見商深氣定神閒，還能坐得住，不由調皮的說：「重頭戲來了，薇薇的第三段情史才是最精彩的一段。」

「大二，有一個男生拼命地追求薇薇，他叫楊浩，長得矮矮胖胖的，其貌不揚。按說以他的條件根本配不上薇薇，但他最大的優點就是鍥而不捨的精神，俗話說好女怕纏郎，在被他糾纏了兩年多之後，薇薇實在是怕了他了，最後勉強答應給他一個接近她的機會。然而他太不幸了……」

見商深聽得入神，徐一莫故意賣起關子。

「他怎麼不幸了？」

「他的不幸就在於他和薇薇真的有緣無分。」徐一莫看出了商深的緊張，掩嘴一笑，知道她的目的達到了，心想：商深你也有今天，哼，上次偷窺我和薇薇，現在也讓你難受難受。

「他到底和薇薇之間發生了什麼，我就不說了，我睏了，晚安。」然後起身走向臥室。

她故意放慢腳步，想等商深叫住她，不料等了半天也沒有聽到商深的聲音，怪事，難道商深真的不關心薇薇的最後一次情史？徐一莫按捺不住好奇之心，回頭一看，不看還好，一看之下啞然失笑，商深側躺在沙發上緊閉雙眼，竟然睡著了。

死商深臭商深，真不解風情，不懂得配合她一下，在關鍵時刻還能睡著，真有他的。徐一莫惱了，折身返回，悄悄來到商深身邊，伸出右手想給商深來個爆栗。

手剛伸出一半，商深突然睜開了眼睛，並且一下從沙發上坐起，伸開雙手作勢欲抓徐一莫，徐一莫沒想到商深會突然襲擊，她以為商深真的睡著了，頓時嚇得花容失色，身子朝後便倒。

她的身後是茶几，茶几上擺滿了茶具，如果徐一莫倒在茶几上壓倒茶具的話，就悲劇了，商深手快，伸手一抓抓住了徐一莫的雙手，然後用力向懷裡一拉。

徐一莫嚶嚀一聲被商深的大力拉了回來，身子朝前一撲，毫無懸念地撲進商深的懷中。商深是半躺在沙發上，被徐一莫一撲，身子朝後一倒，就被徐一莫壓在了身下。

「哎呀！」

徐一莫驚呼一聲，雙手環過商深的後背，緊緊抱住了商深。

她姿勢有幾分不雅，身子半壓在商深身上，想要站起來卻不能，臉也貼在商深的臉上。

「啊！」徐一莫感覺到自己的雙峰被商深的胳膊頂住，有些難受，又有一絲羞澀和甜蜜，她又羞又急，差點驚呼出聲，話才出口，卻被商深的手捂住了嘴巴。

商深和徐一莫緊緊抱在一起，雖然兩人都沒有不安分的想法，但問題是，崔涵薇正在相隔幾米之外的臥室，隨時有可能推門出來將眼前的景象盡收眼底，所以商深趕緊制止徐一莫的驚呼，省得被崔涵薇聽到，以為發生了什麼事，出來查看就麻煩了。

「你幹嘛？」徐一莫被捂住嘴，還不老實，掙脫了商深的魔爪，「你想幹嘛？」

「噓！」

商深急了，姑奶奶，你是真不知道還是假不知道，被崔涵薇發現我們抱在一起，就有理也說不清了。

他用力一推，推開徐一莫，「小點聲，別被涵薇聽到了。」

不料一推之下，推的位置不對，雙手不小心推在徐一莫的胸上，徐一莫頓時面紅耳赤，一怒之下，回身抓起茶壺就要砸向商深，誰知茶壺剛剛舉起，臥室的門被推開了，崔涵薇走了出來。

「怎麼了這是？怎麼打起來了？」

徐一莫嚇了一跳，手中的茶壺差點沒有拿穩失手摔落，心中暗叫一聲好險，如果她再晚起來半分，就被崔涵薇看見剛才的一幕了。

原來剛才商深是為了不讓崔涵薇誤會，才推了她一下，她醒悟之後，立刻手腕一翻，將茶嘴對著商深，低眉順眼地笑道：「商哥，請喝茶。」

商深暗自佩服不已，徐一莫的演技也太強了，轉眼就變了副面孔，幾乎不用轉換和銜接的時間，實在是讓人佩服，他順手拿過茶杯：「謝謝一莫妹妹。」

「跟我還客氣什麼，又不是外人。」徐一莫一邊倒茶，一邊朝商深擠眉弄眼，商深會意，也朝她眨了眨眼。

「叮咚……」門鈴響了，正好化解了徐一莫的尷尬，她放下茶壺，跑步去開門：「來了，來了。」

崔涵薇狐疑地打量了商深一眼，沒看出什麼，就坐到商深身邊，笑道：「怎麼樣，聽了我的三段情史，有什麼感想？」

「其實才聽了兩段，最後一段，沒說完。」商深說，「楊浩和你的最後結局是什麼，一莫故意吊我胃口，沒說。」

「你想不想知道？」崔涵薇燦然一笑。

「一點點。」商深伸出兩根手指，比出兩釐米的距離。

「看來你不是很想知道結果，算了，不告訴你了。」杜子清已經到了，崔涵薇起身迎接杜子清。

商深來到客廳，招呼道：「子清來了，歡迎。」

杜子清穿著一身波西米亞風格的長裙，頭戴一頂可愛的遮陽帽，乍一看，猶如一個剛從國外歸來的女孩。杜子清也比以前多了幾分成熟味道，商深請杜子清入座，又替杜子清倒了水。

「謝謝，我不渴，路上剛喝了一瓶汽水。」

杜子清坐在商深的身邊，看了看商深道，「還行，沒瘦，就是黑了幾分，狀況不錯嘛。」

商深釋懷說道：「過去的事都過去了，不放下還天天背著不成？你不錯嘛，和葉十三在一起工作，也適應了每天和他見面的生活？」

「適應了。」杜子清一攏頭髮，努力笑道，「他現在和伊童有進一步發展的跡象，我也祝福他們能夠修成正果。我已經不再去想和他的事了，只想做好工作，在事業有所成就。」

徐一莫及時地插了句：「葉十三肯定很恨商深，因為商深的電腦管理大師加入了卸載外掛程式的功能，你呢，子清，你是不是也覺得商深這麼做是故意針對你們？」

「這個嘛，我覺得是正常的商業競爭。其實，我也覺得強制用戶安裝外掛程式又不讓用戶卸載的做法，有點不太光明正大。」

杜子清面有難色，她不想說公司的機密，又不好駁徐一莫的面子。

「衛衛回來的事，你也知道了？」商深見狀，忙岔開話題，他不想太讓杜子清為難。

「當然知道，衛衛都去過我們公司了，還和我吃過一次飯呢。」

「啊？」

商深大吃一驚，范衛衛和杜子清吃過飯不足為奇，但范衛衛還去葉十三的公司，就不得不讓他驚訝了，「去和你們談合作？」

「應該是吧，具體談了些什麼，我不知道，她是和葉十三、伊童關起門來談了半天。對了，當時畢京也在。」杜子清意味深長地看了商深一眼，「范衛衛和畢京有說有笑，態度還挺親密的。」

商深臉色如常：「范衛衛想和你們合作我可以理解，她現在正在四處尋找合作夥伴，新興的創業公司是她的首選目標，因為比較好控制。只不過以她的性格，以及代俊偉喜歡掌控一切的行事方式，你們要是和她合作，怕是會處於從屬的地位。」

「嗯，肯定的，我也隱隱聽說，范衛衛今天晚上要和王陽朝、向落見面，好像在談合作。」杜子清想了想，總覺得哪裡不對，「我不是在背後說人壞話，商深，我怎麼總覺得范衛衛似乎不是為了合作而合作，而是一心想圍堵你呢？」

「這話說到了重點。」徐一莫連連點頭，「范衛衛就是為了圍堵而圍堵，並不是真的為了合作，而是為了賭氣；生意不是賭氣，賭氣的生意，也很難做大。」

「范衛衛和王陽朝、向落見面談合作？」

商深為之一驚，在他看來，范衛衛想和他合作，或是和葉十三聯合是十分合理的手法，就算代俊偉再是一流的技術高手，但他畢竟還處在創業初期，創業都有風險，誰也不知道代俊偉未來是成功還是失敗，所以和也處在創業階段的中小公司聯合是首選。

而王陽朝的索狸和向落的絡容，已經接近成功邊緣，據商深預計，最快一年，最晚兩年，二人的公司很有希望成功上市，況且二人的公司既不缺市場又不缺資金，和代俊偉應該沒有合作的基礎才對，那麼范衛衛去和二人見面，又是所欲為何？

剛這麼想，商深還沒有來得及深入分析范衛衛到底在下一盤什麼樣的棋局時，手機響了。

是馬朵來電。

說起來他有一段時間沒和馬朵聯繫了，商深察覺來北京後，馬朵沉寂了許多，不復以前在杭州時的意氣風發，大概是在北京的事進展得並不順利。

商深朝崔涵薇三人示意，起身到一邊接聽電話。

「大馬哥，好久不見，最近可好？」商深熱情地說：「想你了，什麼時候一起坐坐？」

「我也想你了，兄弟。」馬朵的聲音還是一如既往的帶有感染力，「你最近的勢頭不錯，要超過我了，恭喜恭喜。最近我很忙，脫不開身，等有時間了一定一起好好坐坐。」

「哪裡，萬里長征才走出了第一步，需要向大馬哥學習的地方還很多。」商深不是謙虛，是真心覺得他有許多方面比不上馬朵，「和外經貿部的合作怎麼樣了？」

「還可以吧，基本在控制的範圍內。」馬朵的聲音微有幾分低落，不過隨即又恢復了他平常的腔調，「別提我了，估計年底，最晚明年，我就要回杭州了。北京米貴，白居不易，還是杭州更適合我。」

「也未必一定要回杭州發展，就繼續留在北京發展自己的事業不也一樣？」

「不一樣，可能還是杭州的氣候和環境更讓我覺得舒服吧，一方土養一方人。」馬朵停頓片刻，又說：「我是想和你說，昨天范衛衛找到我，和我談起了以後的合作。」

「……」

商深瞪大了眼睛，范衛衛到底要幹嘛？她接連接觸了王陽朝、向落不說，還和馬朵也談過，她的葫蘆中究竟在賣什麼藥？她到底只是為了報復他，還是真的在布一個長遠的大局？商深有點迷糊，覺得他真的看不透范衛衛了。

以前范衛衛並不看好互聯網的前景，甚至認為互聯網是個泡沫，現在卻這麼熱衷於互聯網事業，而且還對國內互聯網業內的精英人士瞭若指掌，以她的專業才華外加敬業精神，背後再有代俊偉的支持，不愁事業不成。

但問題是，以馬朵、王陽朝、向落等人的個性和成就，他們怎麼可能甘居人下，況且代俊偉還沒有起步，未來是不是有所成就還未可知。

「她想怎樣?!」

「是啊，我也想問一句，范衛衛到底想要怎樣？」

馬朵本來對范衛衛印象不錯，不過他和范衛衛沒有深交，並不瞭解范衛衛的為人，只知道作為商深的前女友，范衛衛對商深用情至深，現在范衛衛和商深分手了不說，還明顯有圍堵商深之嫌，他隱隱替商深擔心。古人有云：鼎湖當日棄人間，破敵收京下玉關。慟哭六軍俱縞素，衝冠一怒為紅顏。

「匹夫一怒，血濺五步；帝王一怒，伏屍千里；女人一怒，全軍縞素，得罪了女人，兄弟，你麻煩大了。」

「嘿嘿。」商深心想馬朵到底目光如炬，看出了范衛衛的舉動中有刻意針對他的意圖。

「隨她好了，等她什麼時候可以將公事和私事涇渭分明時，她才算真正成熟了。對了，她找你到底要談什麼合作？」

「也沒具體說，只是說等代俊偉回國後，會成立一家公司，然後上線一家網站，以後就會一統天下，說如果我不和他們合作，我就會被時代的洪流衝擊得支離破碎。哈哈。」馬朵放聲大笑，「代俊偉是什麼了不起的人物，我不知道，但他選范衛衛作為合作夥伴，是一個重大失誤。」

「馬哥的意思是？」

其實商深已經聽出了馬朵的意思，以馬朵不甘於久居人下的性格，會願意被代俊偉控制？別說代俊偉現在還沒有呼風喚雨的影響力，就算有朝一日代俊偉真的成為號令天下莫敢不從的帝王，馬朵也不會甘心被他擺佈。

「我直接回絕了范衛衛。」馬朵輕輕咳嗽了一聲，「如果不是看在你的面子上，我會直接請她出門。想想你還曾經和她有過一段，就很客氣地敷衍了她一會兒，然後才對她說以後不要再和我聯繫，我們之間沒有任何合作的可能。」

馬朵果然是性情中人，直接就關上了合作的大門，商深暗讚，有時人就需要當機立斷的勇氣，當斷不斷反受其亂，馬朵果然有大將之風。

「如果以後代俊偉真的崛起了呢？」

商深雖然很不贊同范衛衛的強勢之道，卻對代俊偉未來的前景非常看好，搜尋引擎技術在國內是空白地帶，代俊偉一旦回國開始他的公司，成功的可能性極大。

「代俊偉一個後來者都可以崛起，我作為先行者，難道就不會崛起了？」馬朵自信地哈哈一笑，「也許有一天，不等他的搜尋引擎封殺我，我就先封殺了他。」

「說得好，豪氣。」商深為馬朵大讚，「等馬哥再次創業的時候，有需要我的地方，儘管開口，我一定全力以赴。」

「沒問題，到時肯定少不了麻煩你。」馬朵爽快地說。

掛了電話，回到客廳，徐一莫、崔涵薇和杜子清三人正聊得開心，也不知道聊到了什麼話題，一見商深回來，三人同時發笑。

商深被笑得莫名其妙，摸了摸鼻子，自嘲地說：「難道我頭上長人參，臉上開花，身上結果了？」

「臭美。」徐一莫亦喜亦嗔地白了商深一眼，「剛才薇薇說你明明很想知道她的第三次情史，卻又假裝不在意的樣子，就像一個人吃了芥末，辣得不行卻又吐不出來的憋樣，笑死人了。」

商深卻一點兒也不覺得好笑，一本正經地說道：「有嗎？我真的不想知道。」

「真的嗎？」崔涵薇咬著嘴唇，「不想知道我就真不告訴你了。」

商深是真的沒心情知道，他坐在徐一莫身邊，喝了口水，正想說話時，手機又響了。怎麼這麼多電話？

一看來電，他一下跳了起來，居然是王陽朝。商深忙起身進了自己房間，接聽電話。

第四章

天才奇才鬼才

王松感慨，人才有天才、奇才、鬼才之分，
如果說商深是天才的話，那麼葉十三就是奇才了。
若干年後，王松回憶起葉十三和商深的大戰，由衷地感慨他還是低看了葉十三，
葉十三何止是奇才，根本就是一個鬼才。

「商深，我是王陽朝。」

「王哥好。」商深靜靜地等王陽朝主動切題。

「范衛衛你認識？」

電話一端傳來的聲音有些雜亂，應該是在飯店吃飯。

商深微一沉默，說出了實話：「她是我的前女友。」

「怪不得，呵呵，商深，你肯定傷透她的心了，她說你了不少壞話。」

王陽朝雖然對范衛衛印象不錯，但對商深印象更好，所以在范衛衛一邊和他談合作，一邊詆毀商深後，他忍不住借上廁所之機，給商深打了個電話，想瞭解一下情況。

「君子絕交不出惡語，不過范衛衛是個女孩，而且她和我之間存在著許多誤會，她對我耿耿於懷也可以理解。」

商深現在已經看開許多，對范衛衛說不上是恨還是同情。

「范衛衛已經接觸過許多人，中文上網網站、馬朵等等，之前代俊偉和我也談過，不過我沒有答應他們的合作條件。」

王陽朝是聰明人，知道感情對一個人影響有多大，呵呵一笑，不再多問范衛衛和商深的過往，只說：「范衛衛很強勢，似乎只有答應她的條件才有活路，否則就是死路一條，我還是第一次見到這麼咄咄逼人的合作方，而且還是一個處在創業初期的合作方。哈哈，世界之大，無奇不有，她以為還是由政府主導的壟斷行業，我只能唯命是從？現在是互聯網時代，不改變思路和思維方式，適應互聯網時代的發展，很快就會被時代淘汰。商深，范衛衛是不是從小受到的教育就是仗勢欺人？」

范衛衛出身於一個權勢家庭，爸爸有錢媽媽有權，再者范長天從事的又是傳統實業，深受父母傳統保守思維影響，而且西化思想很嚴重的她，缺少委婉含蓄的中國式智慧，行事方式喜歡直接而強勢也就不足為奇了。

「王哥打算怎麼回應她？」

商深沒有正面回答王陽朝的問題，算是默認。

「虛與委蛇。」王陽朝說道：「不要忘了，我也是海歸，我也喜歡有一說一，直來直去，但我不像她一樣，只考慮自己的利益，不考慮別人的立場。如果她現在是如微軟一樣的巨無霸，還可以用咄咄逼人的態度增加氣勢，可惜的是，她只是一個也許連成功都沒有機會的創業者。在你的才華實力還不足以撐起你的野心時，謙遜、低調、藏拙才是最聰明的做法。」

商深大概明白了王陽朝的態度：「嗯，向哥呢？」

「他也是不喜歡受制於人的脾氣，何況想讓他臣服的人連拿得出手的實力都沒有，哈哈。」王陽朝呵呵一笑，「好了，有時間見面再聊。我倒是有一個可以讓我們之間加深合作的想法，回頭再細說。」

范衛衛到底是聰明還是愚笨呢？她如果真的有意和別人合作，就應該拿出誠意和謙和的態度，她倒好，擺出一副順我者昌逆我者亡的凌人氣勢，她是不是覺得只要她出馬，只憑咄咄逼人的態度和幾句大話就可以讓別人乖乖臣服？

如果不是過於幼稚，就是過於自戀，代俊偉或許是技術上的天才，但在用人上，實在欠缺識人之明，范衛衛不是一個合格的開路先鋒，相反，她處處樹敵的本事倒是一流。商深既為范衛衛惋惜，又可憐她的行事風格。

「打完電話啦？真夠忙的，商總。」崔涵薇調侃商深，「大人物日理萬機還說得過去，你一朵小小的浪花也忙得不可開交，卻創造不了什麼價值，是不是覺得活得很憋屈？」

商深聽出崔涵薇話裡話外的味道不對，嘻皮笑臉地坐在徐一莫身邊：「一邊兒去，我不和談過三次戀愛的人說話，我只和純潔的一莫妹妹聊天。」

徐一莫吃吃一笑：「我談過八次戀愛。」

「八次暗戀還差不多，根據我的分析，你一次正經八百的戀愛都沒有談過。」商深手伸八字放在下巴下，打量著徐一莫，「應該說，你的感情世界比崔涵薇乾淨多了。」

杜子清掩嘴而笑，不介入商深和崔涵薇、徐一莫之間的戰爭。

「商深，你什麼意思？我的感情世界不乾淨是不是？我的三次情史，嚴格說起來，沒有一次是真正的戀愛，包括最後一次，也是無疾而終。」

崔涵薇被激起了火氣，她是個十分在乎清白的女孩，骨子裡很傳統，很保守。

「我敵不過楊浩的死纏爛打，答應給他一次機會，但同時和他約法三章，並且定下一個月的期限。如果一個月內我接受了他，就當他的女朋友；如果一個月內他沒有成功地打動我，對不起，我的世界會對他永遠關上大門。結果你猜怎麼著？」

商深暗暗一笑，我才不猜，就是要你自己主動說出來，這樣才能顯出我作為男人的大氣和大度。不管多想知道的事，也要表現出無所謂的樣子，如此才能立於不敗之地。做人不能太膚淺，不能讓別人一眼看穿你想要什麼，不想要什麼，在別人眼中猶如透明一樣的人，不會長久。

見商深一副無動於衷的樣子，崔涵薇又氣又惱，有心不說，卻箭在弦上不得不發，她拿起抱枕砸向了商深：「木頭。」

「木頭怎麼了？楊浩變木頭了？」商深裝傻充愣。

「哧……」崔涵薇又被商深逗樂了，「你就氣人吧！」

「真麻煩，我說好了。」徐一莫被崔涵薇和商深的互鬥弄得煩了，伸手拿過商深身上的抱枕抱在懷裡，「不幸的是，薇薇剛答應楊浩，那個可憐的孩子就去實習了，正好實習期一個月。楊浩一把鼻涕一把眼淚地求薇薇延期一個月，薇薇沒有答應，她和我一樣，最見不得一個大男人哭得眼淚汪汪的樣子，跟個女人一樣，沒出息。」

「然後呢？」杜子清好奇心上來了。

「然後？沒有然後了。楊浩出去實習，一個月後回來，沒再糾纏薇薇，後來我才知道，原來在實習期間，他和另外一個女生打得火熱。當時我還對薇薇說，幸虧沒直接答應楊浩，否則說不定楊浩一轉身還會甩了她呢。後來我見過楊浩的新女友，簡直長得慘不忍睹。有小道消息說，新女友很開放，我就明白了，原來男生在大學期間非要找一個女朋友，是受荷爾蒙的驅使……商深，老實交代！你在大學期間為了滿足荷爾蒙的分泌，欺騙過多少女生？」

怎麼又扯到他身上了？商深無語，抬手看了看錶，嘿嘿一笑：「天色不早，該睡覺了。」

「別想逃避問題。」徐一莫拉住商深的胳膊，威脅他道：「如果你不交代清楚，今天晚上就別想睡了。」

商深哈哈一笑，掙脫了徐一莫的胳膊，對杜子清說道：「子清，電腦管理大師軟體卸載外掛程式，是對事不對人，你不要覺得是我故意針對十三。」

徐一莫悄悄朝商深伸了伸大拇指，又朝商深使了個眼色，商深會意，知道徐一莫想套杜子清的話。

其實他並不贊成從杜子清身上打聽葉十三公司的機密，因為杜子清就算無意間說了出來，以她的為人，也會無意間再被葉十三套了話去。

「不會，怎麼會？」杜子清連連搖頭，「我知道是正常的商業競爭，就算你的軟體不針對中文上網外掛程式，早晚也會有別的軟體出手，我早就對十三說過，利用用戶的無知偷偷安裝外掛程式，也得允許用戶可以卸載才行。不允許用戶卸載就太過分了。可是他不聽，非說現在正是混亂時期，要佔領市場就得不擇手段，等用戶成熟就沒有機會了；他還說，他有一個長遠的規劃，在時機成熟時，就不用強行安裝外掛程式的笨辦法了。」

「什麼長遠規劃？」徐一莫敏銳地抓住了杜子清話中的重點。

杜子清搖搖頭：「我不知道，葉十三沒說，我也沒問。他畢竟是上司，而且我和他的關係有點複雜，所以許多時候除非他自己想說，我絕不會主動去問，只管做好交給我的工作就行了。」

徐一莫微露失望之意，如果能知道葉十三的長遠規劃是什麼就太好了。她相信杜子清是真不知道，不過還是不甘心：「現在電腦管理大師可以卸載外掛程式了，葉十三一定非常生氣，他有沒有說下一步怎麼還擊？」

這話問得太明顯太直接了，商深一捂眼睛，徐一莫還真是心直口快，雖然杜子清不是很有戒備之心的人，但也不能問得這麼赤裸裸吧，畢竟現在正處在交戰期。

杜子清的心思還真是透明，壓根就沒多想徐一莫的話是想試探葉十三的出手，想了想，老實地回說：「反正葉十三就是很生氣，還摔了東西，但怎麼處理這件事，他沒有說，要不就是沒有當著我的面說。我也知道，他不是很信任我，也沒關係啦，我還不想知道那麼多事呢，太累了。」

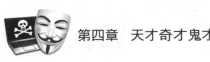

想想也是，心思純淨透明的杜子清就如一縷清風，不管外界的紛爭和較量，只管做好自己。

商深深以為然地點點頭：「人最難的就是活得輕鬆自在，有時候，幸福和錢多錢少無關，和自己的內心是否充實有關，子清，希望你繼續保持這種心態，做一個自由自在的女孩。」

「謝謝你商深，還是你瞭解我。」杜子清吐了吐舌頭，甜甜地笑了。

是夜，杜子清留宿，和崔涵薇、徐一莫睡在一起。商深不敢去想像三個美女擠在一張床上是怎樣香艷的場景，上床後，很快就進入了夢鄉。

次日一早，商深起床後，發現三個女孩已經準備好早飯。早飯十分豐盛，有買來的煎餅油條，也有自己煮的稀飯、煎蛋，看樣子是有人出去買了早點，又有人動手做了早飯。商深不用猜就知道，肯定是崔涵薇和徐一莫出去買東西，杜子清親手做飯。

「薇薇非要出去買來吃，我說有我在還要買東西吃，豈不是顯得我太無能了？於是我親自上陣，只用了半小時就做出一桌豐盛的早飯。當然啦，子清也有一半的功勞。」徐一莫向商深邀功。

「一半的功勞？一莫，你還真好意思。」崔涵薇笑了，「明明大部分是子清的成果，你非說成是你的，你什麼意思？是想讓商深知道你勤儉持家？」

「就是，怎麼了？商哥就喜歡賢惠持家的女孩，哼，他對你這種不會做飯只會買東西吃的女孩，從內心深處是輕視加鄙夷的。」徐一莫反擊說。

「是嗎，商深？」崔涵薇將炮火轉向商深。

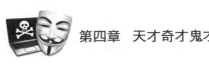

商深摸了摸鼻子：「不管是自己做的還是買來的，好吃就行。對了，今天要去你家見你爸媽吧？」

對商深顧左右而言他的做法，崔涵薇雖然深感無語卻也無可奈何，只好擺擺手說：「等下我再聯繫一下爸媽，如果他們沒有什麼別的安排的話，今天就領你進門。」

商深撓撓頭：「不對吧，就是見面而已，怎麼成進門了？聽上去有上門女婿的意思？」

「上門女婿？想得倒美，你願意我還不願意呢。」崔涵薇燦然一笑。

「不好意思，我是靠才華吃飯，不用拼臉蛋，謝謝。剛才說錯了，應該是女婿上門，不是上門女婿。順序顛倒一下，意思大不一樣。」商深拿起一根油條咬了一口。然後又喝了口粥，讚不絕口：「嗯，這粥熬得真道地，香、黏、軟，太好喝了。」

「油條是薇薇買的，粥是我熬的。」徐一莫將一碟鹹菜推到商深面前，「來，嘗嘗鹹菜，鹹菜是子清醃的。」

商深見是一碟醬油醃黃瓜，正是他最愛的醃菜，忙夾了塊放到嘴裡，清脆、清香，鹹淡適口，不由連連點頭：「好吃，味道一流。」

杜子清含蓄笑道：「我手藝還很生疏，見笑了。」

「怪不得男人都喜歡三妻四妾的。」商深一時感慨萬千。

「怎麼說？」徐一莫被商深跳躍的思路繞了進去。

「以前的社會可以一夫多妻，一個會買油條，一個會熬粥，一個會醃鹹菜，三個女人在一起不僅僅是一臺戲，還是一個男人完美的家庭生活。」

「去你的。」崔涵薇一拳打在商深的後背上，「你還想三妻四妾啊？男人呀，你的名字叫貪得無厭。」

「三妻四妾也不要緊，只要你能養得起，並且還能個個哄得團團轉，也算你有本事。」徐一莫推了推商深的後背，嘻嘻一笑，「如果你能同時交往三個女孩，又讓她們全部對你死心塌地，並且她們三個都不知道對方的存在，那麼我也會佩服你。」

「這多不好？對她們不公平，對你自己來說也太累了。周旋在三個女孩之間，怎麼忙得過來?!」杜子清一臉認真地說，「我覺得一個男人頂多深愛一個，然後心裡再深藏著一個就足夠了，一個是生活中的伴侶，一個是心靈上的知己，再多，就是累贅了。」

「還是一莫和子清好，既理解男人的需求，又尊重男人的選擇。」商深左手抱住徐一莫的肩膀，右手摟住杜子清的腰，「誰娶了你們，才是莫大的福氣。」

「油條不給你吃了。」崔涵薇生氣地將油條拿到一邊，自己拿起油條咬到半截，「商深，如果你真是得隴望蜀的人，我不會喜歡你。」

話音剛落，手機響了，崔涵薇一看來電，忙扔下油條接聽了電話。

「爸媽今天有空，說讓你過去一趟。」崔涵薇說，「趕緊吃，吃完就出發。」

去崔家的路上，路過中關村，崔涵薇把徐一莫和杜子清放在「拐角遇到愛」，二人去中關村買些東西，順便去找藍襪。

「空著手去總是不好，買些什麼禮物呢？」商深現在的車技已經十分熟練了。

「不用你操心，我都準備好了，在後車箱放著呢。」崔涵薇一攏頭髮，斜著眼睛笑咪咪地看著商深，「別說這些雞毛蒜皮的小事，說說你的思想問題。商先生，腐朽的封建文化很要不得。」

商深知道崔涵薇指的是什麼，動作嫻熟地一打方向盤，右拐到下一個路口：「要允許每一個男人心中有夢，有夢才有未來。」

「不行，夢也不許做。」崔涵薇一擰商深的胳膊，「我警告你，你只許對我一個人好，不許再對別人有任何想法，包括范衛衛、徐一莫、藍襪、衛辛和杜子清。」

商深取笑說：「你乾脆把我所有認識的女人都算上吧，說得好像我多有魅力一樣。」

崔涵薇識趣地轉移了話題，「如果爸媽對你沒意見的話，我們的關係是不是就確定下來了？」

聰明的女孩總能在表達自己的想法、宣示了自己的主權後，及時地化解帶給男人的壓力，崔涵薇知道，一個女人不能總是讓男人感覺到壓力，更不能總是不停地索求，壓力過大索求過多的話，會嚇跑男人。男人也是人，不是專職司機、專屬提款機、專業陪伴，他也需要安慰，需要鼓勵。

「嗯……好吧。」商深微一沉吟，眼前閃過范衛衛嬌艷如花的笑靨。

「好像很勉強一樣，真沒勁。」崔涵薇白了商深一眼，不滿地道：「是不是覺得我配不上你，還是你忘不了范衛衛？」

「都不是。」商深伸手撫摸崔涵薇的長髮，眼中流露出柔情蜜意。

其實從上次崔涵薇為家裡修補房子後，他就在心中確定了崔涵薇獨一無二的位置。是呀，得妻如她，夫復何求？溫柔體貼善良漂亮，還有能力實力，又對他一往情深，男人心目中理想的妻子，不就是如她一般的女子嗎？

「那是什麼？」

被商深的手穿過長髮，崔涵薇心中湧動著甜蜜和幸福，她和商深歷經了千辛萬苦，走過一年多的風風雨雨，總算是走到了一起，而爸媽對商深由拒絕到勉強接受，再到現在願意和商深見面，也算是風雨過後見彩虹了。

「是對自己二十多年單身生涯的告別，從此，開始漫漫一生的兩人世界。」商深柔情萬分地說。

崔涵薇瞬間感動了，漫漫一生的兩人世界比任何甜言蜜語都強上百倍，這等於是商深一生一世的承諾，她眼眶濕潤：「相信我，你不會後悔你的選擇。」

半個小時後，汽車到了崔家。

崔家位於市北一處風景秀麗的別墅區，別墅區門口十分氣派，假山、景觀，再加上四周高聳筆直的樹林，猶如一處世外桃源。

商深微微感慨，許多時候人們仇視富人，認為富人為富不仁，其實只是立場不同而已。平心而論，世界的進步和發展，還是富人做出的貢獻巨大。不提林立的高樓、寬闊的馬路都是富人投資所建，只說最先進的技術推向市場後，比如電腦、數位相機以及互聯網，都是富人憑藉雄厚的財力先行購買，然後形成了市場規模，才逐步降價，惠及到普羅大眾。如果沒有富人的嘗鮮，許多產品也許先就死在成長階段了。

為富不仁的富人肯定存在，但富裕之後大做慈善事業的也不在少數。任何事情都有兩面性，在一些人的思維裡，窮人就一定比富人道德水準高尚，也是一種自欺欺人的阿Q式的自我安慰。

永遠不要羨慕別人的成功和富裕，而是要努力從自身的不足尋找原因，當你自身的價值提高到了一定程度，相應的，社會也會認可你的付出，會回報你豐厚的報酬。

商深一時思緒萬千，想起在深圳時初到范衛衛家裡時，既緊張又期待，還有一絲隱隱的不安。在不安之中，也有些許的自卑。士別三日，現在的他，雖然還沒有功成名就，至少也算小有名氣了，想到此處，商深挺直了腰板。

車在門口被門衛攔下，門衛不認識商深，打量了商深幾眼，正要問個明白，見副駕駛坐著的人是崔涵薇，立時嚇了一跳，雙腿立正，「啪」地敬了個禮。

崔涵薇點頭一笑：「小沈好。」

「崔小姐好。」

沈學良一直將崔涵薇當成夢中情人，雖然他知道他和崔涵薇的差距太大，但並不妨礙他對崔涵薇的幻想，以前從未見過崔大小姐和陌生男人一同乘車回來，現在見到商深英氣逼人地開著崔涵薇的車，瞬間就明白了什麼。

沈學良打開大門，目視崔涵薇和商深遠去，心中默默祝福二人天長地久。喜歡一個人就希望她能夠幸福長久，他只是單純地喜歡崔涵薇，對她從來沒有非分之想，更沒有癡心妄想，而且商深絕對英俊帥氣，配得上他心目中的女神，他很欣慰並且開心。

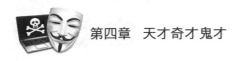

汽車在別墅區如花的美景中穿行了一段時間，來到崔家的獨棟別墅門前。停好車後，商深深吸了一口氣，正要再問幾句注意事項，忽然手機響了。是王松來電。商深沒有多想，順手接聽了電話。

「商總，出事了。」王松的語氣有幾分焦急，「許多用戶反映電腦管理大師已經卸載不了中文上網外掛程式了，更氣人的是，一卸載，電腦螢幕就變黑了。」

葉十三的反擊來得這麼快，商深心中一緊：「王松，你先測試一下到底是哪裡出了問題。正常情況下，不應該出現黑屏。我估計是葉十三修改了外掛程式代碼，加上了反卸載的程式。」

「好的。」王松掛斷了電話。

崔涵薇一般情況下不過問公司的內部管理事宜，商深雖然是總經理，卻也只管大事不問小事，作為公司的副總，基本上公司上下的事務都由他一手主抓。

除了日常管理外，他還要負責時刻監控市場的反應。商深很注重用戶的評價，因為公司的理念就是一切以用戶價值為依歸，用戶的需要，就是軟體存在的價值所在。

王松想了想，又打電話叫來幾個得力幹將前來幫忙，趙艷豪、陳明睿、張學華、傅曉斌四人是他最賞識的員工。

四人正在休息，接到王松的電話，立刻二話不說趕來公司。

王松安排四人分別在幾大下載網站整理總結用戶評論，時刻注意最新變化，同時還要求幾人重新安裝中文上網外掛程式，分析故障的原因。

經過一番忙碌，幾個人總結出問題所在，所有出現故障的電腦都是從昨天晚上開始，然後到今天早上是尖峰，雖然沒有具體數據顯示，但根據用戶的反映得出一個大概結論，最少也有幾千台電腦因為使用電腦管理大師卸載中文上網外掛程式而出現了黑屏。

由此得出結論，中文上網外掛程式應該是昨天晚上更新的，再根據使用者的評論，王松基本上可以判定，所有出現故障的電腦都是在昨晚新安裝了外掛程式之後的事。

正常情況下，葉十三的外掛程式安裝得非常隱蔽，一般使用者根本找不到卸載路徑，商深的電腦管理大師正是針對外掛程式的隱蔽和偽裝，直接從根源上將其卸載。而現在使用電腦管理大師卸載外掛程式出現黑屏，肯定是外掛程式中加入了針對電腦管理大師的代碼，有可能是利用鉤子代碼引發電腦管理大師自身的崩潰，從而引發了電腦系統的自我保護，然後黑屏。

從技術的角度來說，黑屏是由中文上網外掛程式引起的，但對用戶來說，用戶並不知道代碼之間的進攻和反制，只會將過錯全部推到電腦管理大師上面。

王松雖然在電腦程式設計上沒有商深深入，但他也懂一些相關知識，再加上趙豔豪、陳明睿、張學華、傅曉斌四人全是技術高手，幾人最後一致得出了最終結論，除非重寫電腦管理大師的程式，否則崩潰還會繼續。

趙豔豪不無感慨地說道：「葉十三是不是一個電腦技術天才先不說，只說他的反擊手段確實毒辣，直接就將我們推到了風口浪尖之上，現在所有的用戶都以為問題出在電腦管理大師身上，沒有人懷疑是中文上網外掛程式的問題。我想，只有商總出手才能解決問題，我們都還差了幾分火候。」

剛結婚不久的趙豔豪年紀不大，廿五歲，比商深還大上幾歲，長得肥頭大耳，體重足有一百公斤，坐在轉椅上，椅子似乎承受不了他的重量，隨時會被壓垮一樣。由於過胖的原因，讓他顯得像是三十幾歲。

雖然人胖，趙豔豪的腦子卻很是靈活，說出了他的分析：

「中文上網外掛程式是一個小程式，本身並不複雜，但由於作者過於謹慎，或者說心理過於陰暗的原因，裡面添加了許多加密代碼，並且還有防止別人修改原始程式碼的變形代碼，等於說，作者是按照病毒程式的思路來編寫的代碼。我真是太佩服商總了，換了我，別說可以解密中文上網外掛程式了，連破解都破解不了。商總真是天才中的天才，高手中的高手。」

趙豔豪不是拍商深馬屁，是真心佩服。作為技術出身的他，由衷地佩服比他水準高上一等的技術高手，因為他太清楚代碼的複雜和浩瀚了，有時破解對方的加密，就如大海撈針一般。

「呵呵……」王松笑了，「商總可是近年來不可多見的天才高手，我們和他沒法比。不過，也不能什麼事情都等商總出手不是？這樣，我們群策群力，先著手破解一下試試，成功了，商總肯定會對我們高看一眼；不成功，也算是盡力了，只是能力不行，對吧？一個人只有盡力了，才有資格說運氣不好或能力不行。」

「沒問題，不信我們四個人加在一起還破解不了一個小小的中文上網外掛程式。」陳明睿伸出食指在鼻子下面一劃，意氣風發，「三個臭皮匠還頂一個諸葛亮呢，我們四個人，不，五個人，怎麼著也能頂兩個諸葛亮吧？」

陳明睿是上海人，人高馬大，足有一米九五，將近兩米身高的他，卻沒有給人威猛威武的感覺，相反，卻很娘，說話的聲音也細聲細氣，就差翹起蘭花指了。

不過人不可貌相，娘炮的陳明睿在程式設計上絲毫不娘，如果不是商深的引導和教導，他早就寫病毒去了。性格裡很有攻擊性的他，最大的人生夢想就是編寫一個可以摧毀全球電腦的超級病毒，然後遺臭萬年。

好在來到施得公司後，商深的個人魅力影響了陳明睿，陳明睿改變了想要遺臭萬年的不安分想法，決定從現在起做一個專門和病毒以及任何惡意外掛程式鬥爭的鬥士。

不過做了鬥士之後他才發現，還是編寫惡意外掛程式和病毒來得爽快，難道是人的骨子裡天生邪惡？天生有破壞欲？作為防毒殺毒的一方，總是跟在病毒和惡意外掛程式的背後，別人先出招，然後再接招，總有一種被動的憋屈感。

好在王松很善於做思想工作，開導陳明睿，雖然說道高一尺魔高一丈，但不要忘了還有一句話，佛法無邊，正義長存。能夠破解了別人精心設計的病毒或是惡意外掛程式，才說明你的水準高超、思想境界高人一等。陳明睿終於又收回了躍躍欲試的想法，安心地做一個反病毒、反惡意外掛程式的好人了。

張學華和傅曉斌也是電腦科系畢業的高材生，二人和趙豔豪、陳明睿不一樣，沒有太多想法，只想安靜地做一個程式師。他們二人最大的優點就是踏實肯幹，只要是交給他們的任務，他們從來不抱怨不挑剔，埋頭苦幹一天一周或是一個月，肯定會出色地完成任務。但二人只能幹安排好的工作，沒有創意和開拓精神。

「張學華、傅曉斌，你們負責收集周邊資料，輔助趙豔豪、陳明睿的工作。」王松正式下達了命令，他目光炯炯地環視四人，「從現在起，我們寸步不離辦公室，拿不出解決方案就不下班！」

「好！」四人鬥志昂揚，絲毫沒有因為加班而影響了心情。

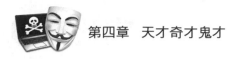

「王總，情況有變！」

王松話剛說完，張學華就又發現了新的情況，「你們看看下面的評論，以前評論的數量一直是正常的上升指數，現在上升的速度翻了數倍，你們看！」

張學華按下F5鍵，刷新了頁面，果然，才幾秒鐘的時間，又跑出一堆評論：

「什麼破電腦管理大師，還說可以卸載中文上網外掛程式，結果一卸載就黑屏，重新啟動之後，竟再也啟動不了了，什麼垃圾軟體?!」

「垃圾！垃圾！害得我電腦又要重灌，原指望電腦管理大師能幫我卸載了外掛程式，結果倒好，不但沒卸載成功，反而當機。建議大家以後不要安裝電腦管理大師，根本是垃圾軟體。」

「警告，警告，電腦管理大師就是最大的病毒。和中文上網網站有衝突，裝了電腦管理大師就不能中文上網了，提醒大家一定要慎重。是想要中文上網的方便，還是想裝一個沒什麼用的電腦管理大師？」

「還電腦管理大師呢？狗屁！不但卸載不了中文上網外掛程式，還被外掛程式搞死，真丟人。作者買塊豆腐一頭撞死得了，還好意思自稱大師，是大濕還差不多。」

「……」

上百條評論，清一色的全是負評，而且來勢洶洶，明顯是有組織有預謀的水軍。

水軍是指網路水軍，是受雇於網路公關公司，為他人發帖回帖造勢的人，以灌水發帖來獲取報酬。現在還沒有出現真正意義上的網路公關公司，葉十三能夠先人一步想到利用水軍造勢，也算是個難得的人才了。

王松感慨，人才有天才、奇才、鬼才之分，如果說商深是天才的話，那麼葉十三就是奇才了。

若干年後，當網路水軍成為一個職業，並且在網路上發揮巨大作用之時，王松回憶起葉十三和商深的大戰，由衷地感慨他還是低看了葉十三，葉十三何止是奇才，根本就是一個鬼才。

而其後商深在和葉十三無數次的交手和較量之時施展的令人匪夷所思的反擊手段，也讓王松嘆為觀止，王松非常慶幸自己參與了中國互聯網史上第一場、也是涉及面最廣的遭遇戰。

此為後話，暫且不提。

王松幾人發現了明顯有人為操作跡象的評論後，幾人臉色為之大變，一面倒的負評絕對會對電腦管理大師的後續銷售帶來致命性的影響，甚至有可能毀掉電腦管理大師也不是駭人聽聞。

沒想到，葉十三的反擊是一連串的，先是利用代碼導致電腦管理大師軟體的自身崩潰，然後再發動水軍攻勢，搶佔輿論的至高點，等於是先還了一拳不說，又踢了一腳。

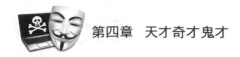

這一連串的組合還擊。夠狠，夠厲害，夠聰明。

「怎麼辦，王頭，要不要向商總彙報一下？」陳明睿火往上沖，骨子裡好戰的一面又被激發了，「媽的，信不信我現在就寫一個植入代碼駭進中文上網網站？」

「不要亂來。」王松比陳明睿老成持重多了，考慮問題也比較全面，「對方的還擊手法雖然無恥了些，但還在規則的範圍之內，如果我們去駭了對方網站就理虧了，也落了下乘。這樣，先不告訴商總，商總今天去崔董家，對他來說，今天是個大日子，不能讓他分心。」

趙豔豪聽出了王松的言外之意：「商總今天是女婿上門？」

「別亂說。」王松含蓄地說：「反正對商總來說，今天至關重要，所以我們就要盡可能地替他排憂解難。以前一直是商總一個人衝鋒在前，不管是電腦管理大師還是螞蟻搬家，都是他一個人編寫的程式，我們都寄生在他的成績之上，作為男人，多無能多窩囊，是不是？男人就要拿出男人樣，讓所有人都認識你的價值你的能力所在。」

「王總說得對，今天我們要拿出一往無前的士氣，不信對付不了葉十三的卑鄙手段。」張學華一拳打在桌上，憤慨地說：「葉十三欺人太甚，故意抹黑電腦管理大師，擺明了就是要欺負我們。現在他們都騎到我們脖子上撒尿了，我們還能忍得了嗎？」

「對，不能忍，打回去。」傅曉斌平常人很老實，連話都很少說，今天也被激起了火氣，他雙手攥拳，「欺負老實人，哼，老實人會讓他知道，兔子急了也會咬人。」

洶湧的負面評論讓眾人多了悲壯之意，生發出同仇敵愾的勇氣。

兩軍交戰，勇者勝。既然勇氣來了，剩下的就是一鼓作氣的士氣了，王松心想，如果在他的帶領下可以妥善地處理好此次突發事件，他在商深的心目中絕對可以再提升一個高度。

「今天我們不解決了問題，誰也別想回家。」趙豔豪心中湧動著激情，他一拍桌子一瞪眼睛，「黃沙百戰穿金甲，不破樓蘭終不還。」

「錯！」陳明睿哈哈一笑，「是不破十三終不還。」

「對，不破十三終不還！」張學華哈哈一笑，壯志滿懷，「開工！」

「開工！」王松正式下達了命令。

商深和葉十三的正面遭遇戰，由此全面拉開了序幕。

第五章

高人指點

商深隱隱覺得葉十三的還擊不但迅速而且致命，背後應該有高人指點。

當然，只是純粹的技術上的高人倒不怕，

怕的就是也許會有實力雄厚的公司的推動。

到時波及面過大牽涉過多的話，就成了大戰混戰了。

此時商深對後續事件還並不知情，他放下王松的電話後，微一思忖，又撥通了歷隊的電話。

「歷哥，葉十三反擊了。」

「哦？」歷隊對葉十三的反擊早有預料，他剛才正在查看電腦管理大師下載頁面下頭的評論，意識到葉十三的反擊是一套組合拳，輕輕一笑，「戰爭爆發了。怎麼樣，需不需要我加入戰團？」

「暫時還不需要，現在才是第一階段，我還應付得來。」商深說出他的考慮，「歷哥，我建議你的七二四暫緩推出，先考察一段風向再說。」

歷隊笑說：「和我的想法不謀而合，我先研究一下葉十三的反擊手法，然後等你的電腦管理大師推出新版之後，我想葉十三肯定還會有所動作，到時我在你們戰爭的間隙直接殺入，打葉十三一個措手不及，怎麼樣？」

商深理解歷隊的想法，他和葉十三的較量肯定是一個你來我往的局面，在他重新編寫代碼，修復電腦管理大師之後，葉十三必定還會再次修改外掛程式的代碼，讓電腦管理大師的卸載失效。那麼他還要繼續跟在葉十三的後面，再次修正電腦管理大師。

但修正起來需要時間，短則三天，長則一周甚至半個月，中間會有一個空窗期。如果歷隊的七二四軟體在空窗期內橫空出世，然後殺葉十三的中文上網外掛程式一個措手不及，並且打得他落花流水的話，會讓葉十三大為惱火並且膽戰心驚。

是的，如果只和他一人正面交戰的話，他總是跟在葉十三身後奔跑。但如果再有一方加入戰團，葉十三就會腹背受敵而且疲於奔命。當然，選擇在一個恰當的時機推出七二四軟體，會讓七二四軟體借此次大戰一舉成名。

「沒問題，怕的就是萬一葉十三一方不是一個人在戰鬥，歷哥的加入，說不定會不小心得罪幕後推手。」

商深隱隱覺得葉十三的還擊不但迅速而且致命，背後應該有高人指點。當然，只是純粹的技術上的高人倒不怕，在技術上面他有足夠的信心還回來，怕的就是也許會有實力雄厚的公司的推動。到時波及面過大、牽涉過多的話，就成了大戰混戰了。

「打仗親兄弟，如果真有幕後推手，我更要和你並肩作戰了。」歷隊斬釘截鐵地說道：「就這麼說定了，商老弟，七二四發佈之前，我會提前和你通個氣，我們攜手共進，爭取早日打下一片江山。」

商深被歷隊的話激發得熱血沸騰，對，要打就打下一片江山，現在的互聯網還是一片無人佔領的廣闊海洋，誰都可以占山為王。最終誰會成為霸主，成為至高無上的王者，現在還未可知。

不經過幾次浴血奮戰，不發生幾次大規模的遭遇戰，不來幾次吞併併購和吞食，中國互聯網的秩序就無法建立，版圖就無法劃分。商深相信在未來中國互聯網的版圖爭奪大戰中，他也會參與其中，是橫刀立馬的大將之一。

不過在成為指揮千軍萬馬指點江山的大將之前，現在的他，還得放低身段先過崔明哲一關。

收起電話，見崔涵薇臉上沒有絲毫不耐之色，商深心中一暖，上前一抱崔涵薇：「真乖，是不是等得不耐煩了？」

「沒有，怎麼會！」崔涵薇一臉關切，剛才的電話她也聽出了大概，「葉十三反擊了？」

「是呀，來勢洶洶。」商深沒有多說細節，現在也不是說這件事情的時候，「先不管了，已經交給王松處理了，我們先去見你爸媽。」

話才說完，商深眼睛的餘光一掃，發現不遠處有兩個熟悉的人影一閃而過，雖然沒有看清長相，但從身影上他依然迅速地認出了二人是誰！

崔涵柏和黃廣寬！

怎麼會是黃廣寬？如果說黃廣寬和崔涵柏在一起還不足以讓商深感到震驚的話，那麼黃廣寬居然出現在崔家的別墅區內，而且距離崔家不足幾百米之遙，就不得不讓他驚詫莫名了，崔涵柏到底想怎樣，和黃廣寬暗中來往也就算了，怎麼還讓黃廣寬知道家裡的地址？他就不怕黃廣寬真的色膽包天，會暗中向崔涵薇下手？

崔涵柏真是讓人無語，商深搖搖頭，一抬頭，黃廣寬的身影已經消失不見，崔涵柏正邁步朝他和崔涵薇走來。

「商深來啦。」

走到近前，崔涵柏不冷不熱地和商深打了個招呼，然後親熱地抱住崔涵薇的肩膀，「薇薇，我正在談一筆大生意，談成之後，利潤不下一千萬，哈哈。還是做實業有前途，你的互聯網公司到底什麼時候才能盈利？這都大半年了吧？一點賺錢的跡象都沒有，真是讓人著急呀。」

商深感覺到崔涵柏對他有意的冷落，不以為意，搖頭一笑，跟在二人身後朝崔家別墅走去。

「哥，你能不能把心放平，務實一些，不要動不動就想上千萬的生意，小心步子過大，摔個大跟頭，把這幾年辛辛苦苦賺的錢，說不定會一次全部賠進去。」

崔涵薇剛才沒有看到崔涵柏和黃廣寬在一起，如果讓她看到了，她不用猜就知道崔涵柏所謂的大生意是要和誰一起做了。

崔涵柏臉色一寒：「薇薇，你什麼意思？看不起我是吧？覺得我沒有智商？是不是商深教你的？」回頭看了商深一眼，目露凶色。

商深不動聲色，淡淡地回應了崔涵柏不滿的眼神，他很清楚，雖然崔明哲和史蕊夫婦對他的態度比以前稍有改觀，但崔涵柏對他依然是輕視和看不起，覺得他一直在借助崔家的力量往上爬，也堅決反對崔涵薇和他在一起。

對崔涵柏的反對意見，商深雖然不是全然不放在心上的態度，但也刻意保持了對崔涵柏的友好。說服對手遠比打敗對手更有成就感，何況崔涵柏也並不是他的對手，如果他和崔涵薇真的結婚了，崔涵柏還是他的小舅子。所以有必要處好關係，哪怕崔涵柏對他始終不冷不熱。

「和商深沒關係，不要什麼事情都往他身上扯。」崔涵薇一拉崔涵柏的胳膊，不高興地說：「隨便你好了，反正我已經從公司撤股了，公司是你一個人的，你想怎麼玩，玩多大都可以。」

「等我公司真的發展壯大到了集團的地步，到時如果想吞併你的公司，你不會不同意吧？」崔涵柏哈哈一笑，豪氣沖天，彷彿他已經天下唯我獨有似的。

「吞併我的公司？」崔涵薇回頭看了商深一眼，目光中充滿柔情，「說不定會是我的公司吞併你的公司。」

「不可能。」崔涵柏堅定地搖頭，信心十足，「就憑你們公司現在一點也沒有盈利前景的現狀，還想吞併我的公司？癡人說夢，癡心妄想。商深，你說，到兩千年的時候，公司能不再賠錢開始賺錢嗎？」

「對公司的下一步來說，賺錢不是目的，佔領市場，成為行業的領軍人物才是目標。」商深微微一笑，面對崔涵柏的咄咄逼人依然表現出氣定神閒。

「如果想盈利，公司馬上就可以盈利。但如果在面臨現在盈利一百萬，一年後盈利一千萬，兩年後盈利一億的選擇時，我還是願意選擇兩年後盈利一億。三等人，追逐蠅頭小利；二等人，看重眼前利益；一等人，放長線釣大魚，看重長遠利益和佈局。」

「哈哈，說大話吹牛皮最省事，又不用交稅，吹啊，儘管吹。」崔涵柏仰天大笑，「兩年後一億？你還不如說三年後十億才嚇人，也不怕風大閃了舌頭。」

「在飛速發展的互聯網時代，任何奇蹟都有可能發生。」商深淡淡地回應崔涵柏。

眼見到了崔家別墅門前，他站住之後稍微整理了一下衣服，然後昂首挺胸地走進崔家大門。

在邁進崔家大門的一刻，商深心中平靜如水，沒有絲毫波動。也不知是他見多識廣了，還是心境平和了，此時的他，已經沒有被崔家三層獨棟別墅的奢華驚呆的壓迫感了。

正在此時，手機忽然響了一聲，是簡訊。

若是平常，商深不會拿出手機來看，因為不是時候，但剛剛發生葉十三的反擊事件，他以為又發生了什麼意外，就拿出了手機。

一看當即愣在當場！竟是范衛衛發來的。

有一年多沒有范衛衛的隻言片語了，雖然已經見過面，但商深和范衛衛還沒有過文字上的任何交流。沒想到，就在他即將邁進崔家的一刻，范衛衛的簡訊突然就從天而降。

「滅燭憐光滿，披衣覺露滋。不堪盈手贈，還寢夢佳期。」簡訊沒頭沒尾，只有一首詩，是張九齡的《望月懷遠》的下半部。

商深的記憶瞬間復蘇，想起在春節期間他給范衛衛發過同一首詩的上半部：「海上生明月，天涯共此時。情人怨遙夜，竟夕起相思。」當時如石沉大海，沒有回音。

他怎麼也想不到，在時隔半年，在和范衛衛確定分手後，范衛衛卻又突然傳來這首詩的下半闕。而且最主要的是，下半部詩句流露出來的懷念之意，如潮水般洶湧。

商深幾乎不敢相信自己的眼睛。一想，范衛衛的手機不是一直是停機狀態嗎？他雙手微微顫抖，不顧崔涵薇錯愕的眼神，迅速發出了一個訊息，只有一個符號：

「？」

片刻之後，手機又響了，回覆也是只有一個符號：

「！」

沒錯，至此商深已經確認是范衛衛無疑了。

可是范衛衛為什麼會在這時發簡訊給他呢？商深怎麼也想不通，難道說范衛衛改變了主意，想和他重歸於好？

問題是，他現在就要邁進崔家的大門，一旦崔明哲和史蕊認可了他和崔涵薇的事，再加上爸媽早已視崔涵薇是商家媳婦，他和崔涵薇距離談婚論嫁就只有一步之遙了。

事已至此，他還有回頭的機會嗎？

「怎麼了？」

崔涵薇見商深舉步又停，面露猶豫之色，不由關心地道：「哪裡不舒服？還是事情又有變化了？」

事情是有變化了，不過不是崔涵薇所問的葉十三反擊事情的變化，而是突如其來的范衛衛對他感情上的事，不過他不好明說，含糊其辭地說道：「沒什麼大事，不影響大局，有王松他們呢。」

「嗯。」崔涵薇沒有多想，挽住商深的胳膊，「好了，先不去想了，還是眼前的事情重要。」

商深點點頭，挺直胸膛，暫時將范衛衛拋到了腦後，此時別說范衛衛一個簡訊了，就是她出現在他的面前，擋住他的去路，不讓他進門去，他也不可能收回前進的腳步。

崔家的裝修是低調沉穩的田園風光風格，淡綠色的牆壁，暖色的傢俱，不管是用料還是奢華程度比范家有過之而無不及，但和范家刻意彰顯財力的金碧輝煌的顏色相比，淡雅的色調顯得舒適清新多了。裝修風格無形中展露了一個人的內心和修養，低調者淡雅，張揚者浮誇。

年過五旬的崔明哲頭髮梳得一絲不亂，穿著居家服的他，全身上下瀰漫著儒雅之氣，寬寬的額頭，厚實的嘴唇以及一雙驚人的大耳，再加上不胖不瘦的身材，當前一坐，有如一名飽讀詩書的知識分子，說他是某所大學的教授，或是某個方面的專家學者，絕對不會有人懷疑。

和他氣質相得益彰的是史蕊優雅從容的氣度，史蕊穿一身長裙，風韻猶存，淡眉淡妝，眉眼之間和崔涵薇有六分相似，可以看出在年輕時絕對也是一個風華絕代的美女。

二人見商深進來，都不動聲色地悄然打量了商深幾眼，崔明哲緩緩站起來後，史蕊也站了起來。

注意到先後順序的商深，立刻明白了一件事，崔家很講究規矩，在傳統禮儀上有著嚴格的要求。

商深忙向前一步，微微彎腰致意：「崔伯伯好，史阿姨好。」

崔明哲淡淡一笑，目光平和，伸出了右手：「商深你好，歡迎，歡迎。」

史蕊點頭朝商深笑了笑，笑容中既有審視之意，又有歡迎的意味，讓人感覺如沐春風，雖然也有一股微不可察的高貴和讓人不易親近的疏遠，卻比許施高高在上的傲慢強了太多。

「我去泡茶，爸，喝什麼茶？」崔涵薇見商深和爸媽的見面比預想中要好，一顆緊繃的心終於放下了，心情大好。

「天氣熱，喝綠茶好了。拿我的碧螺春。」崔明哲大手一揮，猶如指揮千軍萬馬的將軍。

此話一出，崔涵薇一臉驚喜，崔涵柏一臉錯愕。

怎麼會？怎麼可能？崔涵柏回身看了商深一眼，眼中滿是質疑和不解。

「爸，喝龍井就行了，碧螺春不多了。」崔涵柏忍不住說。

「話多！」崔明哲並沒理會崔涵柏，招呼商深坐下，「小商，坐，別站著。」

商深心中納悶，崔涵柏為什麼要糾結是喝碧螺春還是龍井，難道對崔明哲來說，兩種茶還有價格上的區別不成？以崔明哲的實力，不管是最頂級的碧螺春還是龍井，應該都不是問題啊。

商深卻不知道，雖然崔明哲的茶葉都是最頂級的，但崔明哲為人偏愛碧螺春，而且他還有一個習慣，如果是他不認可的客人，便會請客人喝他最不喜歡的毛尖；如果是不遠不近的客人，會請客人喝一般的龍井；如果是他欣賞的客人，才會拿出他最愛的碧螺春。

正是因此，崔明哲說要泡碧螺春時，崔涵柏才在震驚之餘，不由對商深更多了幾分敵視。

崔涵柏對商深的敵意由來已久，從當初在肯德基的第一印象就不好，再後來和黃廣寬認識，在黃廣寬一再的渲染下，他愈加認為商深是個徹頭徹尾的壞人，是個善於偽裝，善於蠱惑人心的陰謀家，一心認定商深想借女人上位，是想騙他妹妹成為崔家乘龍快婿的野心家。

慢慢的，商深和妹妹的公司做出一些成績，贏得父親的認可，就讓他更對商深成見加深。哼！不就是兩個小軟體嗎？有什麼了不起，下載量再大又有什麼用，免費又不能創造價值。下載量越大就虧得越多，真是傻瓜。

但崔明哲的看法截然不同，他認為商深的軟體贏得了使用者的認可就是了不起的成功，不管是哪個行業，能夠贏得用戶認同的公司或是個人，必然有其非同凡響的一面。正是因此，崔明哲才想見商深一面。

崔涵薇開心地上樓而去，她要在商深面前露上一手，好好泡一壺上好的碧螺春，讓商深知道她不但上得廳堂下得廚房，還泡得一手好茶。為了商深的誇獎，她才不管爸爸的碧螺春已經所剩無幾，抓了一大把就放進茶壺。

如果讓崔明哲看到，肯定會心疼得罵崔涵薇還沒嫁人呢就女心向外，好在崔明哲不知道發生了什麼事，現在的他，正和商深談得十分投機。

「不管是實體經濟還是互聯網，能抓住用戶就是最大的成功。小商，你的電腦管理大師軟體我也有用，很好用，說說你當初為什麼要寫這樣一個軟體，出發點是什麼？以後的盈利點和發展方向又是什麼？」

作為在商海沉浮了幾十年的成功企業家，崔明哲的眼光比崔涵柏深遠多了，雖然他曾經看好過互聯網的未來，卻在崔涵柏的勸說下暫時放手，但現在因為商深的緣故，他又重拾了信心。

「說起來其實也簡單，從ＤＯＳ到WINDOWS系統，我都能熟練運用，但還有很多用戶不會使用ＤＯＳ，甚至連WINDOWS的系統也不太熟悉。我發現了一個規律，電腦是在WINDOWS系統出現之後才得以迅速普及，這說明了什麼？說明不管什麼產品，方便、實用、容易上手才是王道。再好的產品，如果不方便使用，需要學習很長時間才能上手，那麼這個產品註定失敗。」

商深知道崔明哲和他聊天的話題包含了考試之意，認真地回答，「但WINDOWS作業系統畢竟是國外的系統，有許多使用習慣不符合國人需求，而且又是以英文開發的，所以我就萌生了編寫一個方便管理電腦的軟體，電腦管理大師因此應運而生。」

「好一個應運而生！」

崔明哲拍腿叫好，他在商海多年，太清楚因應時運的重要性了，有許多人有才華有實力，但就是看不清形勢，不順應時代發展，非要逆流而上，結果要麼鎩羽而歸，要麼碰得頭破血流，一敗塗地，甚至傾家蕩產者也大有人在，任何人都逃脫不了時代的局限性，想要超越時代而存在，沒有可能。

商深注意到崔明哲眼中越來越濃的讚賞之意，心中稍定，能夠贏得崔明哲的認可，是為一大成功。不過他也發現雖然史蕊對他並沒有許施的冷漠和疏遠，但在客氣掩飾下的目光中，還是有明顯的冷落。

是的，雖然不是冷漠，卻是冷落。冷落就是疏遠，就是距離和生疏。或許是他和崔明哲的話題史蕊不感興趣，又或許是史蕊對他哪一方面不太滿意，算了，管不了那麼多了，商深深深吸了一口氣，他先集中精力過了崔明哲一關再說。

茶到了。香氣四溢的碧螺春倒在晶瑩的茶杯中，色香味俱佳，崔涵薇先為崔明哲遞上一杯，然後是史蕊、崔涵柏，再然後才是商深。

笑意盈盈的她舉杯：「來，嘗嘗我的手藝。」

「什麼意思嘛，」崔涵柏看不下去了，「還舉案齊眉了？切！」

「嘆人生，美中不足今方信，縱然是舉案齊眉，到底意難平！」史蕊忽然就冒出一句，幽幽的語氣以及迷離的表情，彷彿在訴說往事。

崔涵薇身子一怔，回頭撒嬌：「媽，你說什麼呢？」

「史蕊，你是感嘆薇薇還是自己？」崔明哲的臉色微微一沉。

「無病呻吟罷了。」史蕊淡淡地看了崔明哲一眼，目光又落到商深身上，忽然問道，「商深，你知道為什麼孔子把歷史叫春秋而不叫冬夏嗎？」

對崔明哲和史蕊感情往事，商深自然不知，但他卻聽說過崔明哲有一個初戀女人的故事，估計史蕊和崔明哲之間的感情有波折。

對於上一輩人的感情，商深無意知道的那麼詳細，但對於史蕊的問題，他必須要認真回答。

史蕊的問題難度很高，是在考他的國學知識。估計史蕊平常也好讀國學，有深厚的國學功底。還好商深平常喜歡讀書，微一思忖說道：

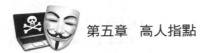

「孔子把歷史叫春秋而不叫冬夏的原因，是因為天地之間的現象就是一冷一熱，冷是冬天，熱是夏天，而春天是冬天進入夏天的中間地帶，不冷不熱。秋天是夏天進入冬天的過度期，不熱不冷。所以春秋最舒服，此為其一。其二，一年有二十四個節氣，夏至是白天最長夜晚最短，冬至是白天最短夜晚最長，只有春分和秋分是白天和晚上一樣長短。春秋兩季，不冷不熱，春分秋分，陰陽平衡，所以春秋是最和平最公平之時，持之平也。歷史需要持平的公論，所以叫春秋而不叫冬夏。」

史蕊本來懶洋洋地坐在沙發上，拋出問題後，也沒指望商深可以回答得上來，沒想到，越聽越是驚訝，到最後，不禁目瞪口呆地看著商深，完全被商深的一番高論驚呆了。

崇尚傳統、多年精心鑽研國學的史蕊，曾經無數次拿剛才的問題考過別人，卻沒有一個人的回答讓她滿意，沒想到在年紀輕輕的商深身上能聽到讓她無比震驚又無比滿意的回答。

她簡直不敢相信自己的耳朵，商深不是出身電腦專業嗎？他怎麼也有這麼深厚的國學知識？或許……或許商深正好在哪裡看過別人的解釋，是瞎打誤撞的結果。

這麼一想，她又想到了另外一個問題，想繼續考考商深。

「你剛才的回答，我很滿意，但如果你能答對下面的問題，我才會算你過關。」史蕊心情激動之下，也不再含蓄了，直接說出了她考驗商深的用意。

商深笑笑：「我才疏學淺，不過願意試一試。」

「很好。」

史蕊意味深長地看了崔涵薇一眼，見商深淡然應對，不徐不疾，心中對商深無形中就多了幾分好感，不過想起商深有過和范衛衛的初戀，再想起崔涵柏對商深的評論，稍微的一些好感又消失不見了。

崔涵薇沒想到媽媽也會出面刁難商深，她還以為只有爸爸和商深聊一些商業上的事就足夠了，媽媽可是典型的知識分子，不敢說學富五車，至少也是才高八斗，她學的又是國學，和商深的電腦專業風馬牛不相及，她的問題別說商深了，有時連一個大學教授都回答不上來，以自己的長處去攻擊別人的短處，太不公平了。

但再不公平，她也沒法阻止媽媽對商深的考核，沒辦法，之前已經和爸媽說好了，只要商深進了崔家的大門，剩下的事情全由爸媽決定，她不許插嘴不許阻止不許搗亂，否則，爸媽不會同意她和商深的事情。為了愛情，她只好忍了。

只不過媽媽考完一題不夠，還要再問一題，也太強人所難了，如果商深是中文系畢業還好說，但商深是互聯網人才好不好？拜託！崔涵薇哀求的目光望向了崔明哲。

崔明哲豈能不知寶貝女兒的心思，他悄然一笑，微微搖了搖頭，意思是他也不好制止史蕊對商深的考核，只能寄望商深博覽群書，順利過關了。

只有崔涵柏暗自欣喜，老媽一出手，鬼神愁。商深要倒楣了，哈哈哈哈！

崔涵柏心中大笑，他很想看到商深被問得張口結舌，回答不上來的窘迫樣，商深越尷尬，他就越開心。

崔涵薇只好向商深投去安慰的目光，卻見商深目光從容，心中稍微安定了幾分，悄悄朝商深豎起了大拇指，為商深加油。

「古代的經濟學和現在的經濟學，有什麼不同？」

史蕊拋出了她精心準備的問題。她堅信，別說商深了，在座幾人中，沒有一人可以回答得準確。

商深還沒有說話，崔明哲按捺不住躍躍欲試的心情，搶先發話了：「要不，我先說說我的看法。」

「你就別搗亂了，先聽商深說。如果他的回答不完善，你可以補充。」

史蕊看出了崔明哲想護航作弊的心思。

「連拋磚引玉的機會都不給我？」

崔明哲確實有愛護商深之心，怕商深太為難。主要是他知道，史蕊的問題通常會很難，萬一商深回答不上來，她再冷嘲熱諷的話，會讓商深很尷尬。當然，他並不是十分在意商深是不是尷尬，以商深的年紀，遭遇尷尬是再正常不過的事情，他是擔心女兒會因此不快。

隨著一雙兒女的長大，他越來越發現兒子和女兒雖然是雙胞胎，性格卻相差很大。兒子激情有餘理性不足，又有過於輕信他人急功近利的思想，女兒卻要沉穩許多，遇事喜歡三思而後行。

誰也不知道，崔明哲對商深看法的改變，其中還包含了他對家族產業接班人的考察。

一開始，在傳統思想的慣性下，他一心認定家族產業早晚會由兒子繼承，然而自從崔涵薇脫離崔涵柏的公司，和商深合辦公司後，他逐漸意識到或許女兒才是家族產業最合適的接班人。

因為女兒有識人之明，看到了商深身上隱藏的潛力。一個家族產業的掌舵者，必須具備高瞻遠矚的眼光和過人的識人之明。高瞻遠矚的眼光可以看出未來的發展趨勢，可以追隨時代的腳步。過人的識人之明可以發現和重用人才，讓無數人才為我所用。

耳聽為虛眼見為實，所以崔明哲才想親見商深一面，想用他多年閱人無數的經驗來判斷商深到底是不是一個可以重用可堪大用的人才。今日一見，第一印象還算不錯，談話舉止都很有分寸，不徐不疾同時又從容不迫。

在他看來，商深是不是可以通過史蕊的考試無關緊要，史蕊推崇國學，但商深從事的是互聯網產業，互聯網產業並不需要太多國學知識。如果商深國學知識欠缺，無傷大雅。如果國學知識深厚，自然更好，錦上添花。

「我問的是商深，又不是你。再說，如果你先說，萬一誤導了商深可就不好了，那就不是拋磚引玉而是誤人子弟了。」史蕊淡雅地一笑，語氣卻是不容商量的堅定。

「謝謝崔伯伯，為了防止我的思路被崔伯伯左右，我要迫不及待說出我的看法了。」商深不想讓崔明哲和史蕊因為他而引發不快，他敏銳地捕捉到史蕊和崔明哲之間並不琴瑟和鳴的微小裂痕。

「清末重臣左宗棠曾經寫過一首詩——文章西漢兩司馬，經濟南陽一臥龍。心同佛定香煙直，目極天高海月深。出處動關天下計，草廬我也過來人……」

商深此話一出，史蕊神情頓時為之一變。就連崔明哲也是驚訝不已，微微張大了嘴巴，不認識一樣地看向商深，不會吧，電腦科系畢業的商深，談論古詩也是張口就來，不簡單，真不簡單。

崔涵柏撇了撇嘴，對商深的話不以為然，見爸媽都微露驚訝之色，眼神複雜地看向崔涵薇。崔涵薇抿嘴一笑，自豪和幸福毫不掩飾地寫在臉上，看向商深時的目光崇拜又甜蜜，一覽無餘。

商深微微一笑，繼續說道：

「詩中的雙司馬指的是司馬遷和司馬相如，那麼經濟指的又是什麼呢？顯然不是現在的經濟學的概念，因為在左宗棠時代，還沒有現在的唯物主義的經濟學概念。在古代，經濟的含義比現在的經濟含義寬廣多了，也高尚多了。經綸天下、濟世之才、救人救世的學問是古代的經濟之學。現在西方文化的經濟觀念進來之後，買賣東西賺取利潤叫經濟，狹窄得多，也太唯物了。中國傳統文化的經濟觀念不但包含了買賣，還有經綸天下、救人救世的形而上的道學範疇，有唯心的一面，可不僅僅是單純的唯物。」

崔涵柏不敢相信自己的耳朵，怎麼轉眼間商深縱論古今，從一個張口代碼閉口程式的電腦高手搖身一變，成了一個羽扇綸巾之乎者也的國學高手？該不會是他事先得到了暗示，早早就背會了一些國學知識。

不對，商深不可能事先得到暗示，因為媽媽不可能偏向商深。和爸爸對商深大有好感不同的是，媽媽對商深沒有太好的印象，她的眼中，商深不過是個投機取巧，運氣不錯的小子罷了。

崔明哲連連點頭，他商海沉浮多年，見多了各類青年才俊，比商深更英俊更帥氣的大有人在，比商深在商業上更有成就，更有名氣的也不在少數，更不用提比商深出身好、背景深厚的富二代或是官二代了，但他從未見過如商深一般既有程式設計天才，又有管理才能，並且還有深厚國學知識的年輕人。

一個人可以生來出身不好，可以天生不英俊帥氣，只要有一顆孜孜以求的上進心，只要肯努力願意付出，就是一個值得肯定的年輕人。

女兒的眼光果然不錯，比他強，他之前不但沒有洞察互聯網所蘊藏的勃勃生機，也沒有發現商深是個難得的全面人才，剛才商深的一番對答，不但大大出乎他的意料，也絕對會讓一向挑剔的史蕊吃驚。

崔明哲猜對了，史蕊確實被商深的一番高論震驚了，她腦中閃過無數種可能，比如商深正好讀過相關的書籍，比如商深是突發靈感，觸類旁通，然而片刻後她又否定了自己的猜測，首先世界上沒有那麼巧合的事，其次商深再突發靈感再觸類旁通，也不可能回答得如此精確，她忽然對商深的成見減少了幾分，多了一絲欣賞。

「不知道我的回答，阿姨給打多少分？」商深笑意中寫滿了自信。受父母的影響，即使學的是電腦專業，但從來沒有停止對國學的閱讀和鑽研，因而信手拈來，毫不吃力。

史蕊的目光閃過讚賞之意，正要開口給商深打一個九十分的高分，目光掃過崔涵柏陰沉不甘的臉龐，心中微微一動，想起什麼，話到嘴邊就打了個折扣：「滿意，基本滿意，七十五分以上。」

商深期待的分數是七十分，七十五分已經超出了他的期待，他很滿意：「謝謝阿姨。」

第六章

漁翁之利

「葉十三和商深的戰爭是一場持久戰，沒那麼容易就決出勝負。」

黃廣寬一臉奸笑，

「他們打得越激烈越好，最後你死我活的時候，正好我們出手，

葉十三和商深兩敗俱傷，我們坐收漁翁之利豈不是更好？哈哈哈哈。」

崔明哲暗中舒了口氣，如果史蕊給商深分數低於六十的話，等於是商深沒有通過她的考核，她會竭力阻止商深和崔涵薇的事。雖然七十五分也不算太高，但至少商深通過了第一關測試，他大為欣慰。

說實話，現在的崔明哲對商深的認可度已經到了接納商深的第二階段，但是如果讓他現在就認可商深是崔家女婿也不太可能，畢竟他對商深的瞭解還只是停留在初次見面的好感階段。

「據我所知，目前看好互聯網前景的國家並不多，除了美國外，就是中國最投入了，就連日本也對互聯網缺少應有的熱情，作為最發達的資本主義國家、世界第二大經濟體，日本的態度是不是預示了互聯網的前景只是一個泡沫？」

既然要考一考商深的才能，就要一考到底，崔明哲就提出了更有深度和廣度的問題。

崔涵柏面露笑意，爸爸的問題難度之高，別說商深了，就是研究世界經濟的經濟專家估計也回答不上來，這一次，商深死定了。

崔涵薇一顆心頓時高高提起，討厭！爸爸為什麼要刁難商深，剛剛明明他已經對商深有了好感，怎麼轉眼又出了一個比媽媽的問題還要高深、還要讓人難以回答的難題，商深才大學畢業一年，又不是研究世界經濟的專家，他怎麼可能知道為什麼在日本互聯網沒有那麼熱情高漲呢？商深連日本都沒有去過。

爸爸就是存心要讓商深無法過關，崔涵薇憤憤不平，正要挺身而出，為商深打抱不平時，不料才一有所動作，就被商深的眼神制止了。

商深察言觀色，注意到崔涵薇的不滿，不過他成竹在胸，知道如果是在崔涵薇的幫助下才能過關，其實也算是失敗了。

「我在大學期間，班上有幾個日本的留學生，我和他們的關係還算不錯，經常和他們聊天，也聊到了互聯網的問題。」商深從容自信地回答崔明哲的問題。

自信來源於他平常對生活的細細觀察和從來沒有停止的思索。觀察和思索是一個成功者必備的素質之一，如果沒有觀察和思索的能力，就不能敏銳地發現社會的發展方向和用戶的需求，就只能做一個時代的跟隨者，而不是領先者。

「說下去。」崔明哲最欣賞做事有條不紊的人，商深的表現讓他對商深的滿意度又提升了幾分。

「中國互聯網之所以得以迅速崛起，和中國的基礎設施建設欠缺以及線下服務不完善有關，當然，更深層次的原因，是因為中國人的創新和冒險精神所致。所以，日本在互聯網時代來臨之時，發展緩慢而滯後的原因，一是日本的基本設施和線下服務太完善了，以至於對互聯網時代的到來沒有新鮮感和動力，二是日本經過幾十年的高速發展，形成十分僵化的思維，許多大型公司的企業病嚴重影響了員工創新和適應改變的勇氣。」

商深不是日本問題專家，但他在大學期間和一些日本同學有過深入的接觸，也和一些專門研究日本問題的專家討論過，對日本有過系統的研究。倒不是說他嚮往日本，而是他對這個近在咫尺的亞洲鄰國有太多的好奇和複雜的感覺。

中國人做事情喜歡想當然爾，覺得對就是對，錯就是錯，而不是站在理性的角度認真地思索問題，就像二次世界大戰中，日本侵略中國一樣，中國一向自認是受害者，而日本是侵略者，雖然這是不可爭辯的事實，問題在於，從來沒有人反思一個問題，為什麼日本會發動戰爭侵略中國？為什麼一個泱泱大國會被一個小國欺負了八年之久？為什麼日本的科技會比中國發達那麼多？

反思戰爭並且深究其中的原因，才是正確對待歷史的方法，而不是整天自怨自艾，如一個怨婦一樣要求別人為戰爭道歉。

商深認識的那些日本同學，他們覺得日本不應該向中國道歉，因為日本是輸給美國，而不是輸給了中國。

日本人的思維很簡單，誰是強者，誰打敗了他們，他們就臣服於誰。在盛唐時期，日本來到中國，拜倒在盛唐的光輝之下，不但學習了唐朝的禮儀以及建築風格，還全盤搬走了唐朝的文化，並且拿走漢字，建立自己的文字。一直到八國聯軍攻克北京之前，日本一向敬重中國為師。

但滿清政府的無能讓日本意識到，自己的老師被西方打敗了，那麼西方一定很厲害，於是日本派人到歐美留學學習。留學生回國後，向天皇說起在歐美的經歷，天皇決定脫亞入歐，拜西方為師。從此，中國的地位在日本的心目中一落千丈，成了一個腐朽的老大帝國。

再後來日本發動戰爭，蹂躪中國八年之久，此時日本的自信膨脹到了極點，認為一千多年來一直高高在上的中國終於被日本踩在了腳下，原來曾經光芒照耀世界的中國也不過如此。

商深記得當時和日本同學辯論得面紅耳赤，最終，日本同學的話讓他啞口無言：「等什麼時候中國強大到一句話就可以讓日本畏懼的程度，中國不用叫日本道歉，日本就會主動道歉了。你什麼時候見過美國要求日本就偷襲珍珠港的事情道歉？沒有，美國只需要向日本投兩顆原子彈，日本就乖乖聽話了。日本遭受美國原子彈的轟炸，日本要求美國道歉了嗎？如果道歉有用，還要戰爭何用？只有自己足夠強大，有了充足的自信，才不會天天要求別人賠禮道歉！」

儘管日本留學生的話有幾分偏激，但商深不得不承認，對方的話還真有幾分道理。與其天天自怨自艾地非要要求別人道歉，還不如自己努力發展經濟，等自己強大到俯視世界的時候，你還會要求一個在你的腳下瑟瑟顫抖的國家向你道歉嗎？

日本的優勢，是人人是一個流程中的一部分，敬業且兢兢業業，但不足之處，也正是由於過度強調流程和集體合作精神，導致個人的創新能力不足，許多日本的大型集團講求論資排輩，互聯網浪潮來臨時，儘管許多日本人也認識到了互聯網的未來，卻沒有人敢放棄一切去挑戰未來。

「我覺得日本互聯網發展緩慢的原因有以下幾個方面……」

商深喝了口茶，直視崔明哲的眼睛，緩緩說出了他的想法：

「日本人對互聯網誕生到其一步步的發展都沒有太大的新奇感，和我們爆發式的發展以及對互聯網的狂熱截然不同，我們有很多人從完全不知道互聯網，到知道之後第一時間就決定創業了，而日本卻是到現在為止，基本上都對互聯網持觀望和悲觀的態度，原因就在於：第一，日本人對商品的需求不像中國這麼強烈，因為他們的小型、中型和大型超市隨處可見，你可以隨時隨地買到你想要的任何高品質的產品，而且價格幾乎都一樣，沒有價差問題，所以沒有必要比較來比較去。而由於國家製造業和流通領域的發達，對我們來說新奇的產品，日本到處都是。」

「第二，日本是均質化社會，人們的行為思想大多很一致，收入也相對平均，追求的是集體主義，不允許個人太有想法，太出類拔萃，因此在日本推銷創意比較難。第三，日本人習慣享受線下服務而不肯去嘗試互聯網的全新模式，試想一下，如果你一個電話就可以解決任何問題，為什麼要上網去辦理？再加上日本的媒體非常發達，電視臺、報紙都是私人產業，不存在一言堂的情形，光是每家電視臺、每家報紙不同的觀點碰撞就足夠了，不需要再在網上流覽在電視報紙上看不到的新聞……，綜合以上原因，日本的互聯現在不夠激情，我認為在未來也不會有太大的前景。」

商深的話一說完，所有人都陷入了沉默之中。

崔涵柏沉默，是因為他沒有聽懂商深的話，雖然他去過日本，也接觸過不少日本人，卻沒有如商深一樣通過現象看本質，只停留在表面上，認為日本人都是陰險狡詐的小人，心裡對日本人只有鄙視和不屑。

崔涵薇沉默，是被商深的觀點帶動了情緒，她在消化和吸收商深的結論。儘管她對日本人也沒有什麼好感，但她還算理性，知道空有一腔不理智的仇恨百無一用，不如切實地做好自己，憑自己的能力做好分內的事，也算是為國家的強大盡了一分心，出了一分力。

史蕊沉默，則是因為商深的話深深地觸動了她的內心，她以前和日本人接觸很多，自認對日本的瞭解比在座的每一個人都多，沒想到從未去過日本的商深剛才的一番話，居然切中了日本的要害，比她認知的實際情況更深入，她除了佩服商深的眼光之外，簡直無法形容自己震驚的心情。

商深才多大年紀，也太有才了吧？史蕊一向愛才，儘管在崔涵柏的渲染下，她對商深成見很深，但隨著商深一次次地顯示出各方面的才華，她對商深的表現再一次改觀。

崔明哲的沉默是因為商深的觀點正合他意，在北京生活的日本人很多，他身邊的日本朋友也不少，通過接觸和瞭解，他不敢說非常瞭解日本人的性格和做事方式，但常自詡是半個日本問題專家，商深的回答一針見血，直指重點，大大出乎他的意料。

崔涵柏終於忍不住打破沉默，譏笑說：「商深，聽你的口氣，你很佩服小日本了？幸好現在是和平年代，要是在抗日時期，你準是個漢奸賣國賊。」

崔涵薇怒了：「哥，就事論事，你不要人身攻擊，商深怎麼就是漢奸賣國賊了？」

商深伸手一拉崔涵薇，心平氣和地笑說：「涵柏，有句話你一定聽過，叫『咬人的狗不叫』，同樣，真正愛國的人，不會把愛國天天掛在嘴邊。愛國不是口號，不是空頭支票，也不是阿Q式的精神勝利法，愛國要用實際行動去愛，而不是去砸日本車和禁用日本產品。我想你一直沒有明白一個事實，中國和日本的經濟互動已經滲透到了密不可分的地步，不是說想劃清界限就可以清清楚楚地一刀兩斷。如果你知道那些天天鼓動你去反日的人在日本有大量資產，甚至在日本還有產業的話，你又會做何感想？愛國當然需要，但要看怎麼去愛。」

「……」崔涵柏被商深批駁得無言以對，張口結舌了半天才反應過來，憤憤不平地回擊說：「那你說要怎麼去愛？」

「很簡單，做好自己力所能及的事，為國家貢獻一己之力。愛國也要有智慧，而不是打著愛國的名義做損害國家利益的事情，在我們身邊，不乏以愛國名義來做壞事的愛國賊。」

「說得好。」崔明哲鼓掌叫好，哈哈一笑，站了起來，「小商，陪我到院子裡走走。」

商深知道崔明哲是有意避開眾人，有話單獨對他說，當即說道：「好。」

別墅雖處鬧市，社區內卻很幽靜，高大的樹木、常綠的灌木以及大片的草地，讓人心曠神怡賞心悅目。

商深和崔明哲並肩而行，雖然時值盛夏，但刻意營造的綠化環境讓社區的溫度比外面至少低了好幾度，漫步在假山、流水和樹木之間，竟有一種清涼的感覺，彷彿置身於世外桃源。

「日本的森林覆蓋率高達百分之七十，森林的覆蓋率越高，水土流失才越少，空氣才越好，以目前國家對森林砍伐的放任推斷，中國在未來幾十年內，環境會持續惡化下去。」

崔明哲背手而行，目光望向遠處的天空，微皺眉頭，流露出憂國憂民的眼神。

隨著人生境界的不同，看待問題的高度也會不盡相同，越是身處高位的人，越會關注國計民生大事，正所謂登高才能望遠。

商深默然點頭，他也注意到了隨著城市建設速度的加快，對樹木的砍伐也越來越沒有節制。中關村大街的拓展，讓許多大樹被移走，原來鬱鬱蔥蔥的街道現在雖然變得寬闊許多，卻塵土飛揚，不復往日的清新和寧靜。

「所以我們和發達國家相比，要走的路還很長，不但是國民素質的提高，還有對環保意識的提升，以及生活習慣和觀念的改變，在許多方面需要加以規範。」

崔明哲在一棵參天大樹下站定，用手一拍樹幹，「這棵樹移來的時候，有許多人不理解，因為移植樹木，每粗一分，價格就會增加三成以上。許多人說，為了減少成本，應該移植小樹。我沒有同意，小樹成長的時間太長，至少十年以上，人生有幾個十年可以等候？等十年以後社區的樹木長成鬱鬱蔥蔥的樹林之時，也許有許多老人已經不在人世了。為了讓他們享受到綠樹成蔭的清涼，我不惜重金移植了幾十棵大樹，多支出至少上百萬元。」

商深立時對崔明哲肅然起敬！什麼是愛國？崔明哲的所作所為就是真正的愛國。愛國不是口號，不是單純的拒絕日貨，更不是去打砸中國人的日本車，而是腳踏實地的做事，當好國家的一顆螺絲釘。

「我一直在想，什麼時候等我們的國家處處青山綠水，放眼望去，到處是醉人的綠色時，我們的國家才是真正意義上的強大了。」崔明哲感慨地一拍商深的肩膀，「中國在許多方面落後了世界上發達國家幾十年，只有互聯網，中國趕上了機遇，和世界前沿的科技齊頭並進。小商，以前我就十分看好互聯網的前景，還成立了互聯網公司，但後來在涵柏的鼓吹下，我對互聯網的前景失去了信心，但和你接觸之後，我又改變了看法。」

崔明哲面帶微笑，微笑中充滿了鼓勵期許之意：「因為你的自信和才華打動了我，讓我意識到一個尖銳的問題——或許在不久的將來，中國最高端最有潛力的人才都集中在互聯網行業，那麼還有什麼理由認為互聯網沒有未來呢？別人我不認識暫且不論，我只說一句話，中國的互聯網有你，就有明天！」

商深被崔明哲的話感動了，倒不是因為崔明哲對他的抬舉，而是因為崔明哲的坦蕩胸懷。到了崔明哲的地位，很少會承認自己的失誤，他卻大方地承認他對互聯網認識上的失誤，如此胸襟，確實是一個了不起的人物。

「崔伯伯過獎了，中國IT業人才輩出，我只不過是其中一個不值一提的小人物罷了。但對於中國互聯網的未來，我充滿了信心。」商深表現出應有的謙遜。

崔明哲點點頭，目光之中的讚賞之意越來越濃，現今的年輕人如商深一樣既有才華又沉穩有度的實在少之又少，何況商深又是一個極有市場眼光的創意型人才，他呵呵一笑：「對於公司的未來，你有什麼想法？」

商深就知道崔明哲會問到公司下一步的問題，心中早就有了答案：

「之前我和涵薇已經說過了，如果她急於盈利，我可以現在就讓電腦管理大師和螞蟻搬家兩款軟體變現，以現在互聯網的發展態勢，想出售兩款軟體或是整個公司不是難事，多了不敢說，以目前兩款軟體的影響力判斷，賣出兩千萬人民幣的價格不在話下。」

「如果不急於盈利呢？」崔明哲微微一笑，「你覺得公司的未來會朝什麼方向發展？」

「一般的互聯網公司會走融資、出售或是上市之路，我相信不管是索狸、絡容還是即將上線的興潮，以後都會走納斯達克之路，但我不想和別人走同樣的道路。」

商深很敬佩崔明哲的為人，儘管在崔涵薇和他最初合作時，崔明哲是持反對意見，但他可以理解崔明哲愛女心切的出發點，所以，他想和崔明哲推心置腹地談談他的想法，「我並不想將公司做大做強，成為數一數二的大型集團。」

「哦？」崔明哲被商深的話驚呆了，任何一個創始人都想讓公司強大，都想晉身為世界五百強，商深到底有什麼與眾不同的想法？

「你的意思是？」

「我只想做眾多大公司背後的股東公司。」商深笑容中有自信、有智慧。也有光芒閃動，「太出名太龐大了，容易成為眾矢之的，也容易因為一個決策的失誤而陷入絕境，更容易犯大公司病，就如柯達或許多知名大公司東芝、松下、豐田一樣。」

「你說得沒錯，日本現在的大公司，體制很僵化，論資排輩的現象十分嚴重。你是想參股多家大型公司，成為控股投資公司？」

不愧是老江湖，商深暗暗佩服崔明哲敏捷的思路，點頭說道：「是的，以後如果有可能，我出售軟體時，會直接用對方公司的股份交換，而不是接受現金。合作、分享才是未來互聯網的雙贏之路。」

「這個想法不錯。」崔明哲立刻就抓到商深的基本思路，不由連連點頭，「你是想趁現在中國互聯網創業浪潮來臨之時，以最小的投入來博取最大的收益，等於是投資原始股，期待以後原始股上市之後會有十倍甚至百倍的市值，是不是？」

商深點頭。

「但問題在於，你一定要有過人的眼光，參股的公司如果夭折的話，你的想法就沒法實現了。」

至此，崔明哲完全摸到了商深的脈絡，商深是想交叉參股許多還處在創業階段的公司，以後一旦他參股的公司成功上市或是發展壯大成為大型集團公司，他現在投資的創業公司的股票就會呈幾何倍數的增加。就如當年投資微軟股票的股東一樣，現在成功實現了財富百倍以上的升值。

試想一下，如果當年有一個人同時投資了微軟、蘋果、美國線上，那麼現在的他完全就可以憑藉手中的股票坐享其成，每天只需要悠閒地坐著遊艇周遊世界就可以了，完全不用操心公司的經營和管理。

但問題是，誰會有如此精確的眼光，可以同時投資幾家以後一定會發展壯大的創業公司呢？對此，崔明哲持懷疑態度。

商深知道崔明哲的擔心所在，笑了笑，沒有正面回答崔明哲的問題：

「當年崔伯伯捂著手中的四合院不賣的時候，就一定認為以後肯定可以升值？有時候，除了有自信的眼光之外，還要有賭上一賭的勇氣；或者說，還需要有可以成功的福氣。我一直相信一句話，小錢靠能力，大錢靠福氣。換句話說，就是謀事在人，成事在天。」

「哈哈哈哈！」崔明哲沒想到商深也有狡猾的一面，他被他打太極的回答逗樂了，「好一個小錢靠能力，大錢靠福氣，我信，我非常信。因為以我自身的經歷來說，在以前每年只賺幾萬元的時候，覺得很累很費心，每天都在擔心明天會不會一覺醒來就被世界遺忘了。後來事業走向正規之後，每年可以賺到幾百萬，一切都順水順風，我就明白了一個道理，謀事在人，成事在天，一點不假。」

說話間，崔明哲來到一處假山，假山前有一片茂密的竹林。

「古人說，寧可食無肉不可居無竹，我特意讓人種植了一片竹林，希望可以帶來清新的氣象。小商，放手大膽地按照自己的想法去做，未來終究是你們年輕人的世界。」

商深心潮澎湃，儘管爸爸一直鼓勵他男兒要志在四方，卻從來沒有如崔明哲一樣對他是全力支持並且鼓勵他放手一搏的力度，爸爸傳統而保守，且生活在小鎮裡，眼界畢竟有限，遠不如崔明哲經歷過風雨並且打下了一片江山的高度。

「謝謝崔伯伯，我一定會盡力而為，希望在我的有生之年，可以為用戶為社會為國家做出自己的貢獻。」商深表明了自己的態度。

「經商者，是經商一世惠及百姓。」崔明哲語重心長，「不要總想著個人的得失，你心繫天下，你的企業就會成為為全國服務的大型公司。你心中只有一地的得失，你的企業就會成為地方企業。心有多大，舞臺就有多大。」

商深重重地點頭：「謝謝崔伯伯的教誨，我銘記在心。」

「至於你和涵薇的事……」崔明哲頓了頓，笑道：「你至少還有兩關要過，史蕊喜歡有才華穩重的年輕人，涵柏喜歡用實力來判斷一個人的成功，我只能幫你這麼多了。」

這麼說，他至少過了崔明哲這一關了？商深心中大喜，在他看來，崔明哲是最難過的一關，至於史蕊和崔涵柏的兩關，現在不急，從長計議即可。況且崔明哲還點明了史蕊和崔涵柏各自的喜好，讓他心中大定，他一時激動：「謝謝崔伯伯，非常感謝。」

「哈哈。」崔明哲用力一拍商深的肩膀，「對你的事業，我不再提任何要求，由著你的性子去發展，不管走到哪一步，走多遠，全看你的個人造化了。但對你的感情，我必須要說一件事——你要對涵薇一心一意，如果你辜負了她，我饒不了你。」

商深嘿嘿一笑，撓了撓頭，「我是一個認真的人，不管是對待事業還是對待感情，不會輕易付出，但一旦付出了，就不會放棄。」

「中午在家裡吃飯，嘗嘗我的手藝。」崔明哲心情大好，俗話說丈母娘看女婿越看越歡喜，他卻是老丈人看女婿越看越歡喜。

「崔伯伯還會做飯？」商深聽出崔明哲話裡暗含的自得之意。

「哈哈，想當年我還開過飯店呢，當時人手不夠，也請不起大廚，我就下海當了一段時間的大廚，廚藝就是在那個時候練成的。這些年，不管多忙多累，我都沒有丟掉廚藝。有時候一邊做飯，一邊思索一些難題，往往會有意外不到的效果。」

崔明哲和商深轉身原路返回，二人邊走邊聊，興致勃勃，渾然沒有察覺在二人身後的不遠處跟了兩個人。

二人遠遠地跟在崔明哲和商深身後，緊盯著二人的背影不放，跟了幾十米後，眼見二人進了崔家別墅的大門，二人才停下腳步。

「黃哥，崔涵柏已經上鉤了，下一下該收網了吧？不過，崔涵柏有一個精明的老爸和一個機警的妹妹，他真的會上套嗎？」黃漢皺了皺眉，一邊踢著腳下的雜草。

「我吊了崔涵柏大半年胃口了，對他的脾氣已經摸得一清二楚，他是個急功近利的人，放心，他已經掉進了坑裡，現在就算你阻止他跳，他也會義無反顧地跳下來。中國人嘛，有太多不理性、不知道自己幾斤幾兩的傻瓜，要不傳銷業為什麼會那麼有市場？有多少傻子一事無成，甚至連最簡單的工作都幹不好，卻被傳銷的人一忽悠，就相信自己可以迅速賺上幾百萬！真是傻得太天真了。你連一份月收入一千元的工作都幹不好，還能幹成幾百萬的生意？做夢！」黃廣寬發了一通牢騷，眼中閃過寒光，冷冷一笑，「這一次不坑個崔涵柏一千萬我就不姓黃。」

「一千萬？」黃漢嚇了一跳，「是不是玩得太大了？詐騙一千萬的話，得判死刑吧？」

「怕死就別玩！」黃廣寬瞪了黃漢一眼，對黃漢的膽小很不滿，氣道：

「怎麼事到臨頭又退縮了？這年頭，餓死膽小的，撐死膽大的，小小的一千萬算什麼，我們幾艘船的案子就值上億了，如果判刑的話，早夠死刑了。反正已經死一次了，再死一次又有什麼區別？給句痛快話，幹不幹吧？」

「幹！」黃漢驀然下定了決心，被黃廣寬激發了豪氣，也是，反正已經上了賊船，他沒有退路了，還怕什麼！

「既然要幹，就幹到底，財色兼收才是人生最高境界。黃哥，崔涵薇歸你，藍襪歸我怎麼樣？」

「你什麼時候看上藍襪啦？」黃廣寬色瞇瞇地笑說：「我怎麼覺得你一直最喜歡衛辛呢？」

「衛辛太柔弱了，我還是更喜歡藍襪的清冷，就像月亮上的仙女一樣，讓人始終琢磨不透，感覺很好。」黃漢搓了搓手，「妻不如妾，妾不如偷，偷著不如偷不著。但對男人來說，偷不著還是不好，所以最妙的感覺就在偷著和偷不著之間。」

「好，藍襪歸你。」

黃廣寬哈哈一笑，他站在樹蔭下，身子的一半在陽光中，半明半暗之間，讓他的表情也顯得陰晴不定，「不過等寧二出來了，如果他也看上藍襪，你是不是要讓給他？」

黃漢遲疑一下，然後下定了決心：「沒問題，如果寧二也看上了藍襪，我不和他爭。兄弟就是兄弟，他為我坐牢，我連一個女人都不捨得讓給他，我還是男人嗎？」

「說得好。」黃廣寬對黃漢的回答很滿意，「不出意外，寧二再有一個月就能提前出來了，到時好好為他接風洗塵。寧二是個好兄弟，以後他也跟著我，我不會虧待他的。」

「嗯。」黃漢點點頭，想到寧二出來後他又多了個左膀右臂，不由又多了幾分自信，「聽說現在葉十三正和商深開戰，也不知道最後鹿死誰手？」

「葉十三和商深的戰爭是一場持久戰，沒那麼容易就決出勝負。」黃廣寬一臉奸笑，「他們打得越激烈越好，最後打得你死我活的時候，正好我們出手，不管是崔涵薇還是藍襪，或者是伊童和徐一莫，葉十三和商深自顧不暇，兩敗俱傷，我們坐收漁翁之利豈不是更好？哈哈哈哈。」

「高，黃哥高。」黃漢嘿嘿直笑，想起藍襪的一抹藍色的女人香，心中按捺不住躍躍欲試的心情。

本來黃漢雖然和大多數男人一樣，對女人有嚮往和幻想，卻還遠遠談不上日思夜想的色狼程度，但跟了黃廣寬之後，天天被黃廣寬的女人理論薰陶，耳濡目染之下，也被黃廣寬煽動了情緒，開始琢磨女人了。

「什麼時候對崔涵薇下手？」

黃漢和黃廣寬所站立的地方，正好可以看到崔家的別墅，雖然看不清裡面的人，卻隱隱約約可以看到映照在窗簾上的人影。其中一個影影綽綽的身影，明顯是崔涵薇的俏影。

「不急，心急吃不了熱豆腐。」黃廣寬托著下巴，玩味地欣賞窗簾上崔涵薇的俏影，「等商深和葉十三打得不可開交的時候再下手，才是最好的時機。」

黃漢忽然想起了什麼，色色地說：「黃哥真是好胃口，連伊童那麼另類的女人也能接受。」

「海納百川嘛。」黃廣寬嘿嘿一笑，想起伊童的妙處，不由自主地笑了，「女人如書，每本書都有不同的味道，要博覽群書才能學識淵博。」

「黃哥高見。」黃漢忙不迭及時送上了一記馬屁。當然，他也是真心佩服黃廣寬的胃口，他就無論如何無法欣賞伊童的另類打扮。

「不說了，走了。」黃廣寬轉身要走，才一邁步，手機響了。

是伊童來電。

黃廣寬嘿嘿一笑，揚了揚手機：「伊童坐不住了，居然主動打電話給我，這小妞辣得很，想讓她屈服可沒有那麼容易。」

「伊總，有什麼指示？」黃廣寬接聽了電話。

「黃總，能不能弄到最新款的伺服器？」伊童微帶焦急的口音傳來，別有一種迷人的味道。

「我不走私電腦、耗材一類的東西，沒幾個錢，利潤太低。」黃廣寬有意拿捏一番，他大概猜到了伊童的用意。

「幫幫忙，黃總。現在中文上網網站訪問量激增，伺服器已經不堪重負，需要更換。而且現在正是和商深大戰的關鍵時刻，需要一台強有力的伺服器來對抗對方有可能的非法進攻。我估計，下一步商深會採取直接攻擊伺服器的方法，如果我們的伺服器癱瘓了，就算很快搶修恢復，也失去了先機。現在是非常時期，黃總，你有關係，幫忙從香港弄一台最先進的伺服器，我和十三都會感謝你。」

伊童也不隱瞞，直接說出了她的迫切需求。

「……」黃廣寬故意沉默了一會兒，「帶一台伺服器過關倒是容易，不過我近期沒有出國的計畫，只單獨為一台伺服器去一趟香港，不太划算。」

伊童聽出了黃廣寬的言外之意：「這樣吧黃總，你幫我帶三台伺服器過來，每台伺服器我多加一千塊的報酬。」

「三千塊？」黃廣寬譏笑一聲，「伊總，你覺得我會為了三千塊，特別冒險過關？」

伊童想了想，咬牙說道：「黃總有什麼條件，儘管提。」

「算啦，都是朋友，現在提條件不成了趁人之危了？」黃廣寬見好就收，哈哈一笑，「伊總放寬心，我現在就打電話給朱石，讓他三天內辦成這件事情。最遲不超過五天，伺服器一定到你手裡。你要什麼品牌的伺服器？ＩＢＭ？」

「謝謝黃總，你的情我承了。嗯，我要ＩＢＭ的伺服器。」伊童豈會聽不出來黃廣寬是故意讓她承情之意，立刻接過話頭，表明態度。

黃廣寬打了個哈哈，掛斷了電話。

第七章

正義俠

「高，實在是高。」范衛衛想通了什麼，
「不管這個正義俠是不是商深的人，反正他的策略奏效了，幫商深度過了難關。
看，許多評論說中文上網網站的漏洞太多，
連簡單的攻擊都防範不住，已經沒人談論電腦管理大師了。」

等黃廣寬和黃漢的身影消失之後不久，崔涵柏出現了，他在原地轉了轉，看了看手錶，自言自語地說道：「不是說好在這裡見面，人呢？」

又等了一會兒，他拿出手機，撥出一個號碼。

「黃總，我到了，你在哪裡？」

黃廣寬的聲音從話筒中傳來：「哎呀，不好意思崔總，我臨時有事要回深圳一趟，我們的合作得延後了。」

「什麼？」崔涵柏大驚失色，「不是說好馬上就可以提上日程嗎？怎麼又延後了？我預付款都準備好了。」

「三百萬預付款已經到位了？」

黃廣寬其實沒有走遠，就在社區門口的咖啡館中安坐，要了杯卡布其諾，悠閒地喝著咖啡吹著冷氣呢。

這種欲擒故縱的手法，他早就運用得無比嫺熟。此時他一隻手正在把玩一把勺子，在他的想像中，崔涵柏就如手中的勺子被他玩弄於股掌之間。

「沒錯，三百萬隨時可以轉帳。」

崔涵柏和黃廣寬談了半年，眼見就要落到實處時，沒想到黃廣寬又要放他鴿子，他急得失去了理智，「黃總，你不能言而無信呀？」

「我可不是言而無信，我是真有急事，崔總，深圳的一個客戶也想要我手中的貨，對方和我是合作多年的老朋友了，不但價格比你出的高，而且還是一次付清。雖然我們也算是老朋友了，關係也說得過去，但到底還是和對方關係更鐵，再說對方的誠意也更足，我實在說服不了自己的良心……」

黃廣寬開始徐徐收網了。

「一次付清？」崔涵柏終於聽出了門道，咬了咬牙，「一次付清要一千多萬，我現在資金周轉不開，黃總，你寬限幾天，一周內，我保證湊齊一千萬，全部匯到你的帳戶上。」

「這樣不好吧？」

見魚上鉤了，黃廣寬有意鬆一鬆魚桿，以免收得過快過緊，引起魚兒的反彈。

「我們畢竟沒那麼熟，你一次付清，對你沒保障。萬一我收了錢不發貨，你不是賠得血本無歸？」

「哈哈，都認識這麼久了，如果我還不相信黃總的話，我也不會和黃總合作了。」崔涵柏連忙解釋，唯恐黃廣寬多想。

黃廣寬見崔涵柏傻得可愛，心中大喜，不過他知道，如果現在就順勢下坡的話，有迫切之嫌，就有意拉長了聲調：

「既然這樣，我總得回去一趟，當面和朋友說個清楚才行。不能顧此失彼，對吧崔總？我是個重感情重朋友的人，如果因為我們的合作而讓以前的朋友有所猜疑，也會顯得我人品不夠，你說呢？」

「好，好。」黃廣寬的話深得崔涵柏之心，如果黃廣寬真的立刻一口答應，他也會心生疑慮，「不知黃總什麼時候再回北京？」

「估計三五天左右，到時我再給你電話。」話一說完，黃廣寬就掛斷了電話。

「黃哥，不怕崔涵柏跑了？」黃漢對黃廣寬一拖再拖，眼見魚兒進網了卻不趕緊收網的做法很是不解。

「跑不了，他現在已經被我吃得死死的了，就算我明說我在騙他，他也不會相信的，哈哈！」

黃廣寬得意地哈哈大笑，伸手一摸腦袋，微有遺憾地說道：「都是一個爹媽生的，崔涵薇怎麼就和崔涵柏差距這麼大呢？如果崔涵薇和崔涵柏一樣好騙就好了。」

「女人太好騙了，就沒有征服的滿足感了。」黃漢摸了摸下巴，一臉淫笑，「我就喜歡霧裡看花、水中望月的朦朧感覺。」

「不錯，黃漢，有進步，你越來越上道啦，哈哈。」黃廣寬用力打了黃漢一拳，喜形於色。

「商深去了崔家，如果得到崔明哲和史蕊的認可，說不定真能娶了崔涵薇，這樣一來，他就是崔家的女婿了，等於是平步青雲了，崔家的家產也許還能分他一半。」黃漢想到了商深目前的境況，不無憂慮地說道：「商深真是交了狗屎運，畢京怎麼也比不過他了。」

「他想娶崔涵薇沒那麼容易，就算崔明哲欣賞他，他還得過得了史蕊和崔涵柏那兩關。就算退一萬步講，史蕊也接受他了，崔涵柏無論如何也不會同意他和崔涵薇的婚事。再進一步講，就算崔涵柏影響不了大局，至少他可以讓商深和崔涵薇好事延後半年不成問題。」

黃廣寬一副老神在在的表情，想起了什麼，語帶玄機地說道：「而且我有一個預感，范衛衛不會讓商深和崔涵薇美夢成真。」

「范衛衛，怎麼會？」黃漢跟不上黃廣寬的思路，納悶地說。

「走著瞧好了！」黃廣寬沒有多作解釋，陰陰地一笑。

此時商深在崔家已經吃完了午飯，席間，他和崔明哲、史蕊聊得十分愉快，和初見時相比，氣氛提升了不少，看得出來，史蕊對他的印象大為改觀。不過崔涵柏依然如故，並沒有和商深有過太多交談，期間還多次起身去打電話，似乎有什麼不可告人的事情在忙。

飯後，陽光正濃，崔明哲提出讓商深午休一下，商深卻表示不便久留，一是他不想在崔家多待，二是他心裡有事放不下，不僅僅是范衛衛發來的簡訊攪亂了他的心緒，還有和葉十三的戰爭，也讓他急於回公司坐鎮指揮。

互聯網的戰爭瞬息萬變，很有可能一著失誤就造成不可挽回的重大失誤。雖然王松沒有再打電話來彙報有關葉十三反擊的戰況，但以商深對葉十三的瞭解，知道葉十三絕不會善罷干休。葉十三的反擊已經讓電腦管理大師的聲譽遭受重創，現在他是處於被動的局面。

崔明哲也沒有刻意挽留商深，他和史蕊一起送到門口，和商深揮手告別。倒是崔涵柏假裝無比熱情地送了出來。

到了外面，崔涵柏瞇起眼睛，不冷不熱地說道：「商深，你別以為你已經邁進了崔家的大門，我告訴你，你想娶薇薇，想成為崔家的女婿，除非公司發展壯大到千萬級別的規模，否則免談。」

「你管不著！」崔涵薇仰起臉，一臉驕傲和滿足，今天商深的表現讓她十分開心，爸爸對商深的認可以及媽媽對商深的好印象，讓她深信自己沒有喜歡錯人，而商深的優秀更是有目共睹的，不是她情人眼裡出西施，一廂情願地說他好而已。

她正沉浸在對商深的無限崇拜中，哪裡聽得進去別人對商深的半點挑剔，當即回敬崔涵柏，說：「我的愛情我做主，和你沒關係。」

「哼！」崔涵柏氣得鼻孔冒煙，「薇薇，小心被人騙了還幫人數錢。你要記住一點，哥哥和你有割不斷的血緣關係，永遠不會害你。而別人終究是外人！」

「爸爸和媽媽也沒有血緣關係，他們以前也是外人，不也一樣幸福地生活了一輩子？你以後也會娶一個外人。」崔涵薇並不認可崔涵柏的歪理，她拉起商深上了汽車，「懶得理你，我的事你以後少管。」

「我的事你以後也少管。」崔涵柏生氣了，抓住車門不肯鬆開，「不讓我管你和商深的事？好，我不管。那我和黃廣寬的合作，你也不要管！」

「不管就不管，你以為誰願意管你。」

崔涵薇發動了車，一點油門，汽車迅速駛離了別墅。

崔涵柏站在原地沒動，望著遠去的汽車尾燈，眼中閃過不可捉摸的光芒，又意味深長地笑了。

「你不該和他吵架。」商深搖搖頭，回頭看了眼，見崔涵柏還站在別墅門口的樹下，身影孤單而落寞，心中忽然閃過一絲不忍，「其實你哥很孤獨，他身邊沒有一個信得過的人可以為他出謀劃策。」

「你怎麼知道？」崔涵薇一愣，「你從哪裡看出了他的孤獨？」

「猜都能猜得到。」商深從崔涵柏壓抑的性格，以及喜歡多管閒事的作派就可以得出結論，別看他是富家子弟，從小衣食無憂，開豪車住別墅，卻並不快樂，一是沒有朋友，二是沒有成就感，所以他才拼命想做成一筆大生意，證明自己的價值。

想想也是，如果一個人生下來什麼都有，什麼都不需要奮鬥，缺少了從無到有，從弱小到強大的人生歷程，也是一種悲哀。因為沒有對比就沒有幸福感，沒有經歷就不是人生。就好比一個人生下來就老了，缺少了童年、少年、青年和中年的人生階段，他的人生就不完整。

汽車剛剛駛出別墅區，商深的手機響了。一上午手機都沒有響，商深猜想一定是王松不願意打擾他第一次到崔家的重要拜訪，所以現在才打來回報，心中對王松又多了幾分肯定。

沒想到，拿出手機一看，商深頓時愣住了，居然是伊童。

商深雖然存了伊童的電話，卻從未和伊童通過電話，伊童此時來電，想必是為了電腦管理大師針對中文上網外掛程式的卸載之舉。

商深接聽了電話。

「商哥，我是伊童。」

伊童的聲音歡快而跳躍，絲毫沒有興師問罪的語氣，「有件事，也許我不該說，畢竟我們不是太熟，但既然我遇上了，還是覺得有必要和你聊一聊，方便嗎商哥？」

商深一愣，聽伊童的口氣似乎是私事，就說：「方便，有什麼話儘管說。」

崔涵薇專心地開車，斜瞥了商深一眼，她聽出是伊童來電，心裡也很疑惑到底是什麼情況，伊童怎麼會突然打電話給商深。

「昨天我陪衛衛去了後海，她喝多了，一邊哭一邊說她其實一直愛著你，從來沒有片刻不愛你。她哭了很久，哭得很傷心，我看了十分難受，我知道愛得死去活來是什麼感覺。後來我送她回家，她一路上不停地說，她不想失去你，失去你，她不知道生活還有什麼意義。」

伊童的語氣低沉了下來，有一股直指人心的感染力和穿透力，「第二天醒來後，她又恢復了理智，對昨天發生的事情隻字不提。不過我還是看得出來，她是太驕傲了，不肯半點委屈了自己，所以她不會當面對你說她還愛著你。」

「……」

商深屏住了呼吸，久久無語，不知道該怎麼面對伊童突然拋出的難題，還好之前他收到范衛衛的簡訊，已經稍微有了心理準備，否則肯定會認為伊童的話是胡說八道。

范衛衛真的還愛著他？回想起和范衛衛見面的種種情形，商深不敢肯定自己的判斷。

如果說范衛衛對他真的沒有了感情，她不必刻意和他保持距離，不用有意疏遠冷落他，並且還非要處處和他做對。只是……現在就算范衛衛真的站在他的面前親口告訴他，她還愛著他，想和他重歸於好，他還能回頭嗎？

經過千辛萬苦和漫長的一年相處，他和崔涵薇剛剛確定兩人的戀愛關係，並且還得到了崔明哲的認可和史蕊的初步好感，等於是萬里長征已經走了三分之一的路，如果他現在放棄和崔涵薇好不容易爭取到的一切，豈不是先前所有的努力都付諸流水了？

他不是一個做事情半途而廢的人。況且就算他現在回頭，再和范衛衛在一起，他還是過不了范衛衛父母那一關……

唉，商深心中發出一聲悠長的嘆息，在錯誤的時間遇到正確的人，結果仍然是悲劇收場。就和正數乘以負數一樣，得出的結果還是負數。

「如果你現在去找她，告訴她你還愛著她，你捨不得她，只需要一個擁抱一個吻，她就會重新回到你的身邊了。商哥，你真的忍心就這樣拋棄衛衛，讓她一個人黯然神傷？」

伊童從商深的沉默中猜到了商深的猶豫，雖然她沒有親眼見證商深和范衛衛的初戀，卻知道商深和范衛衛戀愛的經過。

「也許一個人一生中可以愛過許多人，但初戀的人只有一個，而且初戀永遠只有一次。世界上最美好的事情就是人生若只如初見，和發小一輩子的友情，和初戀一輩子的愛情，和父母一輩子的親情，和朋友一輩子的交情，在我看來是最完美的人生。」

商深必須承認，伊童很有演講的煽動性，他險些被她的一番激情兼柔情的話語打動，好在他及時調整了情緒，深呼吸幾口，恢復了應有的冷靜：

「謝謝你的一番好意，伊童，我會和范衛衛當面說個清楚。」

「衛衛託我轉告你一句話……」

伊童見商深瞬間又控制住了波動的情緒，心中暗暗稱奇，對商深的自我控制能力大加驚嘆，不過她不會放棄她之前布下的迷陣。

「她希望今天晚上和你在『拐角遇到愛』見上一面。」

「不好意思，我晚上已經有約了。」

商深不假思索地回絕了伊童，如果是范衛衛親口發出邀請，他或許還會猶豫幾分，但由伊童代為轉達，再加上現在他和伊童、葉十三正處於交戰姿態，所以還是敬而遠之為好，而且他晚上確實約好了張向西見面。

「好吧，既然你已經有約了，我就不再多說什麼了，希望你再慎重考慮你和衛衛的關係。衛衛也會親自和你聯繫，商深，祝你成功和幸福。」

伊童不等商深再說什麼，迅速掛斷了電話。

「方法可行嗎？」

伊童剛收起電話，一旁的葉十三就迫不及待地問出了口。

「商深表面上不動聲色，但我相信他已經動搖了。衛衛對他的影響之大，大概連他自己都沒意識到是怎樣的根深蒂固。不怕他不上當，只要他一動心，不但可以讓他和崔涵薇的感情受到影響，也許還會讓他和崔涵薇的合作就此中斷。當然啦，讓他一敗塗地就最好不過了。」

伊童一臉得意，似乎看到了勝利的曙光。

「商深也別怪我們的手法陰險，誰讓他無恥在先呢？讓電腦管理大師卸載我們的中文上網外掛程式，太流氓太無賴了。十三，現在戰況怎樣了？」

葉十三微一點頭，臉上露出自豪的神情：「我一出手，肯定會殺商深一個片甲不留。現在電腦管理大師的下面一片罵聲，下載量急劇下降，這種情況持續一周的話，電腦管理大師就徹底完蛋了，呵呵。」

「從正面戰場回擊商深的挑釁，從側面戰場讓衛衛出面攪亂商深的生活，雙管齊下，商深肯定無法抵擋，你說呢衛衛？」

伊童扭過頭去，回身看向坐在沙發上的范衛衛。

范衛衛沉靜如水，她淡淡地一攏頭髮，笑笑說：「明天我會親自出面約商深，試探一下他的反應。十三，你出的這個主意不錯，說起來你比我更瞭解他，你說說看，明天我約商深的話，他會赴約嗎？」

其實一開始范衛衛並不想再和商深有任何私下的接觸，沒想到葉十三突然想到了這個讓她出面迷惑商深的計策，一來是可以攪亂商深的生活，二來，如果商深重新回到她的身邊，她再甩掉商深，也算報了一箭之仇。

范衛衛只思索片刻就決定付諸實施了，她太恨商深了，太想親眼見到商深一敗塗地了，雖然要她出面去迷惑商深有降低身分之嫌，但為了大局，她忍了。想到商深重回她的身邊時崔涵薇絕望的眼神，再想到商深被她甩掉時痛不欲生的表情，她就獲得了極大的心理滿足。

反正她和葉十三已經建立了統一戰線，打敗商深幫助葉十三就等於是幫了自己，何樂而不為？

「有一半以上的可能會。」

葉十三一邊回答范衛衛，一邊緊盯著電腦螢幕，見形勢繼續朝自己一方傾斜，心中更是篤定，應該是勝利在望了，商深一時半會不可能拿出解決的方法。

「只要他和你一見面，你就拿出渾身解數迷住他，讓他對你言聽計從，只需要拖他一周時間，一周後，大局已定，他就算回過味來也來不及了。」

「商深會不會在短時間內就更新電腦管理大師，修復了漏洞，再重新可以卸載中文上網外掛程式啊？」

對於兩方的交戰，范衛衛還有一絲疑惑和不解。

「我在新的外掛程式裡面加密了代碼，商深想要解碼，沒有幾天時間絕對辦不到。」葉十三自信滿滿，「雖然我承認在程式設計上我不如商深有天賦，但現在比的不是誰的程式更複雜更有創意，玩的是最簡單的猜謎遊戲。我出一個我自己編的謎語讓他猜，他再是天才，也不可能一猜就中，哈哈。」

范衛衛明白了：「現在是你出題，他來解答。你的出題思路不按照常規思路出牌，而是天馬行空，對吧？」

「對，再舉個更簡單的例子，我在外掛程式外面設置了一個密碼鎖用來保護原始程式碼，商深只有破解了我的密碼才能打開鎖，接觸到裡面的原始程式碼。打不開鎖，他沒有辦法接觸到原始程式碼。接觸不到原始程式碼，他就不可能修復他的電腦管理大師……」

葉十三話說一半，忽然愣住了，眼睛被電腦螢幕上突發的狀況吸引了，「商深開始反擊了。」

「什麼手法？」范衛衛和伊童同時跳了起來，一起來到了電腦前。

「電腦管理大師下架了，聲明說電腦管理大師被人惡意篡改了代碼，會在重新修復後上線。同時指出，中文上網外掛程式是惡意程式碼，建議用戶不要下載安裝，否則一經安裝就很難卸載。除了篡改主頁之外，還會隨機啟動、進駐記憶體以及記錄使用者使用習慣等非法、惡意行為。」葉十三冷冷一笑，「商深已經無恥到沒有下線的地步了，不但惡人先告狀，還大肆攻擊中文上網外掛程式，真替他感到羞愧。」

「商深情急之下，會不會對你們發動DOS攻擊？」范衛衛忽然靈光乍現，想到一個問題。

DOS攻擊是指透過特殊的攻擊方式來耗盡提供服務伺服器的資源或是頻寬，以達到讓其他的使用者無法使用到服務，目的是讓目標電腦或網路無法提供正常的服務或資源訪問，使目標電腦的網路停止回應甚至崩潰。

「應該不會。」葉十三微皺眉頭，不無擔心地說道：「伊童已經訂了最新的伺服器，希望通過提高頻寬和伺服器的處理速度來抵擋可能的DOS攻擊，不過無論電腦的處理速度多快、記憶體容量多人、網路頻寬的速度多快，都無法避免這種攻擊帶來的後果。DOS攻擊就是一種非常野蠻非常暴力的攻擊方式，就好像組織人海戰術直接堵住城門一樣，我們的城門被無效的訪問堵塞了，正常訪問的用戶就被擋在外面了。」

「雖然最新的伺服器也不一定可以抵擋商深可能的DOS攻擊，不過我還是堅持要換，包括電腦也要全部換上最新最快的款式。」伊童目光堅定，「商深敢對我們發動DOS攻擊，我們就以牙還牙，也攻擊他們。」

「攻擊他們什麼？」范衛衛輕描淡寫地笑了，「商深的兩款軟體分別放到不同的下載網站下載，他們自己都沒有網站，也不提供下載，你攻擊他們什麼？攻擊他人身還差不多。」

「說得也是。」伊童無奈地笑了，「商深真是狡猾，居然連自己的官方網站也沒有，他到底想走一條什麼樣的發展之路，難道只靠兩款軟體就能做成一家大型集團公司？」

「不對，似乎真有人對我們發動DOS攻擊了！」

葉十三察覺到異狀，坐了下來，飛速地敲擊著鍵盤，眉宇間的凝重之色越來越深，「網站打不開了。」

「啊？」

伊童大驚，轉身打開自己的筆電，點開流覽器，從「我的最愛」中點選中文上網網站，等了幾分鐘，提示網頁無法打開。

伊童臉色一片灰白，進入伺服器，發現果然有大量的攻擊資料，她怒不可遏地一拍桌子：「商深實在欺人太甚，十三，你馬上打電話給他，如果他再不停止攻擊，就別怪我不客氣了。」

葉十三點點頭，拿起電話，才撥出幾個號碼，就又停了下來，若有所思地說道：「不對，應該不是商深發動的攻擊，商深不是這樣的人，他還有許多正面反擊手段沒有施展，怎麼會直接ＤＯＳ攻擊呢？再說，就算真是他一時喪心病狂發動了攻擊，當面質問他，他也不會承認。」

「也是，先不要亂了陣腳。」伊童冷靜了幾分，「這樣，先讓技術人員分析攻擊的來源，查查ＩＰ地址，看能不能先擋住攻擊。」

葉十三立刻召集了幾名得力的技術人員，讓他們採取必要措施反擊，並且查出攻擊的ＩＰ地址，技術人員不敢怠慢，趕忙全力以赴投入到工作中。

奇怪的是，在幾人還沒有查到眉目時，ＤＯＳ攻擊突然停止了，來得快也去得快，似乎就如一陣突如其來的狂風，刮得驚天動地天昏地暗，轉眼間又風平浪靜了，怪事，真是咄咄怪事。

就連葉十三也是驚訝莫名，不知道到底是什麼情況。

說實話，一開始他還真懷疑是商深的手筆，後來一想，以商深的性格，斷不會在交戰初期就先耍無賴。商深是一個很驕傲的人，如果他有正常的解決方法和途徑，絕對不會另闢蹊徑。

等現在突然又風平浪靜了，葉十三就更堅定自己的判斷，剛才的攻擊絕非商深所為。

那麼到底是誰呢？

正百思不得其解之時，伊童突然驚叫一聲：「哎呀，主頁被人入侵了，還被篡改了！」

什麼？葉十三無比震驚，忙刷新了一下中文上網網站的頁面，果然上去了，但原來的內容全部消失不見了，只有一行醒目的紅色大字，猶如滴血的憤怒：「多行不義必自斃！」

如果說只進行ＤＯＳ攻擊是很簡單的堵塞攻擊的話，那麼入侵網站並且篡改主頁的做法，就是很高端的網路攻擊了，是真正意義上的駭客行為。

葉十三原以為自己的網站安全防護已經很到位了，沒想到居然不知不覺中被人入侵了後臺數據，不由他不勃然大怒，當即叫來幾名技術人員，大罵了對方一頓，要求對方立刻查找所有的漏洞並進行封堵。

想都不用想，剛才的ＤＯＳ攻擊和入侵網站行為，是同一個人所為。對方到底是誰，葉十三一無所知。

很快技術人員回報了消息，查不到攻擊方的ＩＰ，對方採取了隱藏ＩＰ

的手法，跟蹤過去的ＩＰ地址是偽造的地址。

雖然早就猜到會是這種結果，葉十三還是大為沮喪，如果說對方不是商深，那麼就說明還有一個無形的對手潛藏在背後，對他虎視眈眈伺機而噬。

「會是誰呢？」

范衛衛也被突如其來的一齣意外弄得分不清方向了，「難道是商深的同盟者，或是一個不知名的多管閒事的人？」

「多半是一個自詡為正義的駭客，哼，多管閒事。」

伊童信手打開電腦管理大師的下載頁面，發現雖然電腦管理大師已經下架停止了下載，但下面的留言依然在飛速地增加。除了葉十三雇用的水軍繼續大肆詆毀電腦管理大師之外，突然多了一些正面評論：

「電腦管理大師是被中文上網外掛程式陷害了，你們難道沒有發現，今天的更新之後，電腦管理大師才出現問題的？學過程式設計的都知道，明顯是新外掛程式中增加了對電腦管理大師的鉤子代碼，故意破壞了電腦管理大師的程式。」

「電腦管理大師本著為用戶著想的出發點，增加了可以卸載流氓外掛程式中文上網外掛程式的功能，結果中文上網外掛程式充分表現出了我是流氓我怕誰的素質，反倒對正義的電腦管理大師打擊報復。希望大家擦亮眼睛明辨是非，知道誰好誰壞。如果你們現在不支持電腦管理大師，不支持商大俠，商大俠不再更新電腦管理大師，那麼中文上網外掛程式就可以為所欲為地侵害我們的電腦了。」

「樓上胡說八道，分明是電腦管理大師耍流氓在先，中文上網外掛程式不過是正當防衛，怎麼在你眼裡就成了中文上網外掛程式耍流氓了？你是電腦管理大師請來的救兵吧？」

「就是，支持中文上網外掛程式。」

「支持個屁，信不信我一個單挑你三個？」

「有本事你就過來，老子在電影學院門口等你，放學後六點見，誰不來誰是孫子！」

「電影學院？你是美女嗎？如果是美女的話，我就不打你了，我收了你。」

「美你個頭，老子是美女的男朋友。」

「都不要吵了，我是正義俠，剛才我已經DOS攻擊了中文上網網站，並且入侵了網站的後臺資料，篡改了他們的主頁，你們快上去看看。不要迷戀哥，哥只是一個傳說。」

「真的呀？我趕緊去看看……哇，真了不起，正義俠，你是傳說中的駭客嗎？」

「正義俠，你在哪裡，我要拜你為師。」

「正義俠，人呢？請回答。」

「駭客行為是犯法行為，他現在已經被公安局抓捕了，他的後半生將會在牢房中度過，會為他的衝動行為付出一輩子的代價。」

「放你的狗臭屁，正義俠代表的是正義，他現在正在逍遙自地喝著咖啡上著網，微笑地看著你像個猴子一樣上躥下跳，為你們的主子搖旗吶喊。」

……

下面吵成了一團，所有有關電腦管理大師軟體的負面評價，都被正義俠的出面攪亂了秩序，評論被洗版到了後面，如果不朝後翻上幾頁，根本就不知道發生了什麼事情。所有人都被正義俠的所作所為吸引了注意力，話題圍繞著正義俠和中文上網網站被駭展開。

「高，實在是高。」范衛衛想通了什麼，搖頭一笑，「不管這個什麼正義俠是不是商深的人，反正他的策略奏效了，暫時幫商深度過了難關。現在話題的風向轉到了中文上網網站被駭上面了，看，許多評論開始說到中文上網網站自身的漏洞太多，連簡單的攻擊都防範不住，說明技術水準一般。已經沒人談論電腦管理大師了，等商深再修復了電腦管理大師重新上線之後，這段風波就算無聲無息地過去了。」

葉十三認可范衛衛的推斷：「衛衛說得對，商深這一手玩得漂亮！先不管這個正義俠到底是誰，就說這個移花接木的反擊手法確實高明。如果背後真是商深一手策劃的，我還真有幾分佩服他了。」

「那我們下一步怎麼辦？」伊童顧不上佩服商深，她更在意戰局的結果，她不想輸，「難道就這樣讓商深過關了？」

「商深只是過了第一關，他能不能破解我的中文上網外掛程式還不一定。如果一周之內破解不了，他的電腦管理大師就名聲掃地了，哈哈。」

葉十三哈哈大笑。

「一周之內？」范衛衛想起以前商深程式設計時拼命三郎的勁頭，不無憂慮地說道，「根據我對商深的瞭解，不出三天他就能破解了你的外掛程式，想出反制的辦法。」

「所以才要你出馬打亂他的思路嘛。」葉十三微微一笑，「衛衛，就拜託你了。」

「好，我現就打電話給商深，約他明天見面。你們猜，商深現在在做什麼？」

范衛衛置身於大戰中，也被激發出了興趣，本來不想再和商深有任何感情糾葛的她，忽然覺得騙騙商深也是挺有意思的一件事。

「我估計他現在正在焦頭爛額地埋頭破解十三的外掛程式。」伊童眨了眨眼。

「商深現在應該正在和崔涵薇在一起……」葉十三說出他的猜測。

第八章

軟體銀行

「是日本軟體銀行的一個員工，叫什麼安本山藏……軟體銀行是什麼公司？」

歷江不明白商深為何對日本人感興趣了。

「軟體銀行？」商深為之一驚，軟銀可是大名鼎鼎的公司，

其創始人孫正義是日本赫赫有名的投資人。

葉十三猜對了，商深此時此刻還和崔涵薇在一起，二人出了別墅區，開車直奔公司而去。

走到半路上，商深終於接到了王松的電話。

「商總，情況出現變化，突然冒出一個正義俠的駭客……」王松將情況簡明扼要地向商深彙報。

「正義俠？你知道是誰嗎？不會是公司的員工吧？陳明睿？」

商深一頭霧水，王松也是大感意外，不知道正義俠是何許人也。不過他聽了事情的來龍去脈之後，嚴重懷疑正義俠就是陳明睿。

商深太瞭解陳明睿的脾氣和能力了，若是古代，陳明睿肯定一個路見不平拔刀相助的俠客，只不過他生在現代，學的又是程式設計，就只能充當網路上的正義俠了。

「應該不是他吧？他就在公司加班，不可能背著我幹出這麼驚天動地的事情，我去問問他。」被商深一說，王松也不敢十分肯定了。

「正義俠？有意思，真有意思。」商深搖頭笑了笑，向崔涵薇轉述了事情的經過，「這麼一來，葉十三肯定以為是我向他出手了，就算他不懷疑是我親自出手，也會認為我是幕後主使。」

「隨他怎麼想吧，你又左右不了他的想法。」崔涵薇笑道：「不管這個正義俠是誰，反正事情有利於我們，我們就要感謝他。雖然他的手法不是那麼光明正大，但對葉十三來說，也算是以其人之道還施其人之身了。」

「話不能這麼說，對付流氓，你不能用流氓手法，否則你就降低到和流氓一個層次了。」商深哈哈一笑，「正義俠的做法雖然欠光明正大，但總體來說不算太出格，至少沒有刪除葉十三網站的資料庫。如果真的刪除了葉十三的資料庫就犯法了。」

「前面發生什麼事？」

崔涵薇的注意力被前面一群人吸引了，她慢慢靠邊停車，「咦，好像是歷江。」

商深不是一個喜歡看熱鬧的人，一般情況下遇到圍觀事件，他通常會快速離開，不過一聽有歷江，頓時來了興趣：「我下去看看。」

最近歷江不知道在忙什麼，有半個月沒有和商深見面了，商深隱隱聽說歷江最近在忙著升職，心裡也替他高興。

下了車，見幾十人圍成一團，議論紛紛，也不知道在圍觀什麼。

中國人有喜歡圍觀的習性，不管是多大的事，總是不乏有好事者迅速圍成一圈，饒有興趣地觀看。也不知道為什麼閒雜人等那麼多，似乎天天無所事事，就等別人出事，好從中發現人生的樂趣。當你的人生樂趣建立在別人出事之上時，你的人生真的就只剩下悲劇了。

商深和崔涵薇站在人群外，遠遠看到人群中的歷江身穿警服，英姿颯爽，正在指揮兩個警察抓一個個子矮小的中年男人。中年男人頗不服氣，一邊掙扎一邊罵道：「中國人幹嘛抓中國人不抓日本人？賣國賊！漢奸！」

警車的後座上坐著一人，面沉如水，仔細觀察的話，他的眼神和神態和周圍無所事事的圍觀者有著明顯的不同。

周圍人群也是議論紛紛：

「就是說啊，中國人和日本人打架，為什麼不先抓日本人？幹嘛先抓中國人？中國人上了手銬，日本人就很客氣地請上車，太氣人了。」

「真憋氣！憑什麼要抓自己人？你們警察是中國的警察，穿中國衣服吃中國飯，又不拿日本工資，為什麼要抓自己人？難道日本人就比中國人高一等？」

從周圍人群的議論聲中，商深和崔涵薇大概聽出了事情經過。

被抓的中年男人是中國人，車內享受禮遇的是日本人。中國人和日本人並不認識，二人走路的時候不小心撞在一起，日本人出於習慣性的禮貌向中國人道歉，中國人不接受道歉，非要讓日本人替他擦被踩髒的皮鞋，日本人不幹，願意出錢。中國人不同意，非要日本人跪下擦鞋，結果就動手了。

警察來了後，不問青紅皂白直接就銬上中國人，反而對日本人禮遇有加，惹怒了不明真相的圍觀群眾。群眾包圍住警車，非要警察給個說法。

「如果真讓日本人跪下擦鞋，就太解氣了，揚我國威。」崔涵薇氣勢昂揚，一揚拳頭，「日本人真可惡，來到中國還欺負中國人，真以為現在還是以前日本侵略中國的時候啊？」

「你覺得讓日本人替你擦鞋就揚眉吐氣了？」商深呵呵地笑了，「涵薇，我也恨日本人，也想揚我國威，但我不贊同你的想法。」

「哼，你想當賣國賊！」崔涵薇嗤之以鼻。

「賣國賊？哈哈，你覺得我有本錢賣國嗎？真正的賣國賊都是手握重權的上層人物，他們才有資格和本錢賣國。我頂多賣我自己就不錯了。」商深對崔涵薇不理智的反日情緒感到好笑，「如果說讓日本人擦擦皮鞋就揚我國威了，我建議你去一趟日本，保證讓你獲得極大的心理滿足感。你到任何一家日式料理店吃飯，服務員都會提供跪式服務，你吃一頓一千日圓的飯，他們也會跪上半天。難道日本人跪在你的面前，中國就強大了？中國的ＧＤＰ就超過日本了？中國人平均收入就比日本高了？荒謬！阿Ｑ！自欺欺人！」

「討厭！」崔涵薇被商深說得無話可說，只好耍賴，「那你說怎樣才算是愛國？」

「對普通人來說，愛崗敬業就是愛國。對創業者來說，創造財富發展公司就是愛國。對官員來說，公正廉潔為國為民就是愛國。愛國不是自我安慰，不是精神勝利法，也不是意淫，而是實幹。意淫傷身，空談誤國，實幹才興邦。只要人人都奉獻自己的力量，為國富民強盡心盡力，才是真正的愛國。等中國足夠強大到讓日本臣服的時候，中國才能成功地讓日本仰視。」

「其實我知道你說得對。」崔涵薇低下頭，小聲地說道：「中國現在的ＧＤＰ是日本的十幾分之一，國民平均收入更是日本的幾十分之一，不管是經濟實力還是整體國力，都和日本相差太遠，確實和日本還不是一個等級的對手。就是一想到日本就不舒服，就覺得非得仇恨日本才解心頭之恨。」

「不用仇恨日本，日本的優點，我們要學習，日本的缺點，我們要摒棄。我相信中華民族是世界上最優秀的民族，早晚會超過日本，重新屹立在世界民族之林。未來是中國的世界，不是日本的時代。日本從八九年後，經濟開始衰落，到現在將近十年了仍不見起色，而中國近十年經濟飛速發展，正在持續超越日本中。」

商深對未來充滿了信心，堅信中國早晚會超越日本，成為世界的一霸。

「等什麼時候外國人，不僅僅是日本人，在中國和中國人起了衝突，警察趕到先抓外國人的時候，中國才算是真正站起來。現在，還是崇洋第一的年代。」

商深的話在崔涵薇心中激起了共鳴，許多人只是口頭抗日反日而已，真正碰到事情時，還是一切以利益為先。中國人缺少骨氣和志氣，等什麼時候能沉著冷靜地面對外國人，既不崇洋媚外，又不是輕視他們，到那時候，中國才算真正恢復了自信。

商深分開人群來到歷江面前，一拍歷江的肩膀：「歷員警，執行公務？」

歷江正和中年男人拉扯，對方說什麼也不肯上車，不停地罵罵咧咧：「狗漢奸！賣國賊！敗類！不抓日本人抓我，你對不起國家，對不起人民。」

歷江被中年男人弄得火大，想動手又怕惹了眾怒，正奮鬥將對方拖入車中時，見商深突然出現，勉強笑了笑：「商深，我正忙，回頭再聊。」

商深點點頭，看了中年男人一眼。中年男人理了個平頭，長得滿臉橫肉，額頭上有一條寸長的傷疤，目露凶光，臉上充滿了煞氣，一看就是混混模樣，不是個善類。

「看什麼看？你和警察是一夥的，也是狗漢奸！」中年男人瞪了商深一眼，破口大罵，「不向著中國人向著日本人，你們的良心讓狗吃了。」

「這麼說，你很愛國了？」商深也不生氣，一臉微笑地問。

「我見一個日本人就打一個，比你們這些狗漢奸狗雜碎愛國多了。」中國男人對商深怒目而視。

「如果中國和日本開戰，你會怎麼支持國家？」商深繼續發問。

「我第一個衝到戰場，和日本鬼子拼個你死我活。」

「好！」周圍人群爆出了熱烈的掌聲。

「拼個你死我活？勇氣可嘉，不過我想問你，你拿什麼去拼？」

商深無視群眾的叫好聲，繼續追問中年男人：「用拳頭？棍子？還是用機槍大炮？」

中年男人被商深繞暈了，就連歷江也不明就裡，心想商深是怎麼了，多管閒事不是他的風格，今天他似乎有點反常。不過歷江也沒阻止商深，他瞭解商深，知道商深這麼做肯定不會是閒得無聊。

「當然是用機槍大炮了，上戰場又不是打群架。」中年男人不無鄙夷地白了商深一眼，「你腦子短路了還是進水了，問這麼幼稚的問題。」

「哈哈！」圍觀人群爆發出會心且勝利的笑聲，甚至有人還伸出手指鼓舞中年男人的士氣。

商深無奈地搖搖頭，質問道：

「用機槍大炮的話，中國的主戰坦克和主力武器是什麼？日本的主戰坦克和主力武器又是什麼？日本步槍的有效射程有多遠，精度有多高？殺傷力有多大？中國的步槍有效射程有多遠，精度有多高？殺傷力又有多大？以現在中國軍隊的戰鬥力，和日軍交戰傷亡比能不能達到一比一？如果戰爭真的打起來，對中國的經濟影響又有多大？美國會不會參戰，如果美國參戰，中國沿海的經濟發達帶會不會變成一片焦土？」

商深的問題就如機關槍，一口氣發射了至少上千發子彈，幾乎每發子彈都命中了中年男人的命門。

「我……」中年男人被問得啞口無言，他哪裡知道這些高深的問題，他只有匹夫之勇。

「匹夫之怒，血濺五步。帝王之怒，伏屍千里。中國人民不怕戰爭的威脅，但中國也不是戰爭狂人，不會拿國家的命運和所有百姓的幸福當賭注，來做無謂的意氣之爭。抗日沒錯，反日也是正常的情感需要，但不理智的抗日和反日都是自欺欺人的無用功，只能獲得心理的滿足和阿Ｑ式的勝利，沒有半點實際意義。相反，也許還會沉迷在精神勝利之中不能自拔，而殘酷的現實卻是，日本的經濟發展越來越快，最終將我們遠遠地甩在了身後。國家與國家之間的戰爭也好，地位也好，歸根結底比拼的還是經濟實力，知道為什麼當年小日本國土面積才是我們的廿六分之一，人口是我們的十分之一，卻佔領了中國十幾年才被我們趕出去？因為，日本的經濟實力比我們雄厚多了。現在呢？現在日本的國民平均收入是我們的幾十倍！」

商深一番話說完，周圍人群都沉默了，因為商深的話是不容回避的事實。

「愛國不一定非要表現在抗日反日上，愛國就要為國家做出貢獻，就要最大限度地盡自己的一分力量讓國家強大起來，等有一天我們的經濟規模和發達程度超過了日本之後，日本自然就乖乖地臣服在我們腳下，向我們道歉，懇求我們的原諒！我們現在不用天天喊著抗日反日的口號，只需要做好自己應做的事情，保證自己在是為了中國的崛起時刻而盡心出力，就是最大的愛國！」

「說得好！」歷江被商深的一番話感動了，他帶頭鼓掌，眼中甚至湧出淚水，「說得太好了，兄弟，愛國就是做好本職工作，我覺得你的形象瞬間高大了許多。」

圍觀的群眾也爆出了熱烈的掌聲，叫好聲、口哨聲響成一片。

「各位父老鄉親……」歷江朝周圍人群一抱拳，「我們是小員警，中國人和外國人起了衝突先抓中國人，也不是我們的本意。但上頭有命令我們不敢違抗，上頭也說了，他們也想整治外國人，可是在國家層面，外國人一出事，領事館就出面要人，氣勢洶洶，不交人就威脅要制裁中國。沒辦法呀，誰讓我們窮呢？說到底，等我們富裕了，有錢了，發達了，誰還敢來到中國的地面上撒野不是？想想中國的唐朝，有多少人來長安朝聖。朝聖是什麼意思？就是我們國家的皇帝是他們心目中的聖人，我們的國家是他們嚮往的聖地！我希望有一天，只要是在中國，只要發生了中國人和外國人起衝突的事情，警察來現場後，先問責外國人。如果是外國人有錯，二話不說驅逐出境！當然，為了體現我們的氣度和大量，如果外國人犯些小錯，我們不和他們計較就是了。」

「好！」人群轟然叫好，叫好聲掌聲混成一團，熱烈而持久。

「謝謝你，商老弟。」

人群散去之後，歷江抱著商深的肩膀來到一邊，他喜形於色，今天的事如果不是商深出面，他最後就算能圓滿解決，也要費不少時間力氣，說不定還會掛彩，哪裡能像剛才一樣輕鬆而且還贏得了滿堂喝彩。

商深不但是一個電腦天才和管理高手，還是一個擅於鼓動人心的演講家。歷江愈加覺得商深是他的指路明燈，上次他向馬化龍投資了五萬元，不但沒有後悔，還想再多增加投資金呢。

「自己人還客氣就太見外了。」商深笑道，目光落在警車內的日本人身上，見車內的日本人不管外面怎樣的吵鬧，他都一副巍然不動的態勢，忽然來了興趣，好奇地問：「這個日本人是什麼來頭？」

「是日本軟體銀行的一個員工，叫什麼安本山藏……軟體銀行是什麼公司？」歷江不明白商深為何對日本人感興趣了。

「軟體銀行？」

商深為之一驚，日本的軟銀（soft bank）可是大名鼎鼎的公司，其創始人孫正義是日本赫赫有名的投資人。

軟銀成立於一九八一年，孫正義認為英文「bank」有「庫」的意思，也有「銀行」的意思，「軟銀」可以理解為「軟體庫」，也可以理解為「軟體銀行」，說它是「軟」銀行也恰如其分。

軟體銀行卻沒有存貸業務，以投資為自己的主要業務，整個公司是一家控股公司。孫正義的控股公司思路，正是商深需要借鑒的成功之路。

說到孫正義其人，雖說是出生在日本，卻是道道地地的華裔子弟。作為國際知名投資人、軟體銀行集團董事長兼總裁的孫正義，一九五七年出生於日本，祖先來自中國，祖父由朝鮮半島移居日本九州。

一九七三年，孫正義十六歲時，越級進入加州伯克萊大學就讀，主修經濟。一九七五年，十八歲的他在校園內販賣從日本引進的一種電子遊戲，大撈一筆；一九七六年，在學校利用名震一時的美國噴射推進實驗室的資源，靠賣袖珍發聲翻譯器的專利給夏普公司，賺到他人生中的第一個一百萬美元。

廿一歲畢業後，因為思念母親，再次橫渡太平洋回到家鄉，並將日本姓氏改回自己的漢籍姓氏。他先模擬自己想成立的事業，分別編制出十年份的預估損益平衡表、資產負債表、資金周轉表，還依時序的不同，編出不同型態的公司組織圖，作出沙盤推演。

一九八一年，廿四歲的孫正義正式成立軟體銀行，在成立軟體銀行半年內，與日本四十二家專賣店和九十四家的軟體從業者交易來往，並說服東芝和富士通投資，擴大規模。但後來因為經營不善而虧本，不過孫正義沒有賴帳，他四處籌款，一年後如數退回財團原有的投資資金。

雖然孫正義一人承擔起損失的責任，卻贏得了前輩們的佩服，軟體銀行從此聲名鵲起，也為孫正義奠定了事業的信用基礎。

在日本，誠信是一家企業做大做強的生存基礎。真正讓軟體銀行成為軟體銀行帝國的契機，得益於孫正義的幾次大膽之舉。

一九九一年以程式語言編譯器聞名的美國Borland公司，準備在日本發行升級版，當時公司執行長Philippe Kahn很快就和軟體銀行達成共識。同年，孫正義說服美國區域網路專業公司網威Novell開創東瀛新市場，為了分散風險，再度邀約迪士尼入夥。

到了一九九四年，開花結果，網威系統成為區域網路主要標準之一，年營業額達一億三千萬美元。此事讓網威副總裁DarlMcBride認為孫正義是個可以使任何事情成真的仲介人，從此，他無比信任孫正義。

一九九二年，孫正義得到思科的日本代理權，並建議思科公司以路由器為試水，測試思科日本分公司的可行性，一個月後邀集了日本十四家會社，共同出資四千萬美元，啟動項目。同年，日本軟體銷售通路百分之七十由軟體銀行控制。一九九四年，在孫正義三十七歲時成為十億美元富豪，公司成為上市公司。

最讓孫正義聲名鵲起的是他大手筆收購雅虎的股票，一九九六年三月，軟體銀行注資一億美元，擁有了雅虎百分之三十三的股份，同時引領日本雅虎成功進軍東瀛。第一年就獲利，由於日本雅虎符合日本網友的使用習慣，百分之八十五的日本網友曾造訪此站，同時，日本雅虎的使用者以驚人的速度增長。

一九九八年二月，軟體銀行以四億一千萬美元脫手雅虎百分之二的股票，淨賺三億九千萬美元，一九九六年以一億美元購入百分之三十的雅虎股份，如今只剩百分之廿八，市值仍然高達八十四億美元。由此可見孫正義的眼光如何長遠並且卓越。

孫正義雖然出生在日本，卻不只一次說過他是中國人，他還強調他是出自春秋時代的著名兵法家孫武的一族，也曾經多次說過：「如果沒有《孫子兵法》，就沒有我孫正義！」

《富比士》雜誌稱他為「日本最熱門企業家」，而更多的人稱他是將《孫子兵法》生動地運用於經營的具有代表性的日本企業家。

孫正義對《孫子兵法》的熱愛程度超出許多人的想像，也讓許多中國人汗顏。他不但時時讀，而且在病榻中也要堅持捧讀，琢磨為什麼兵法十三篇中的第一篇是「計篇」。因為萬事從計畫開始。

《孫子兵法》前面六篇全部講了戰前準備，孫正義認為，戰前準備到位，打仗的結果就不言而喻。他還把孫子語錄作為廠訓放在大門口：一邊是「勝兵先勝而後求戰」，另一邊是「敗兵先戰而後求勝」。他將孫子的精髓應用到軟體銀行的一次次投資併購中，做到了真正的「不戰而勝」。

孫正義對《孫子兵法》的創新性應用表現在企業經營管理中，他獨創了一套自己的兵法，核心就是二十五個字：「一流攻守群，道天地將法，智信仁勇嚴，頂情略七鬥，風林山火海」。

對於孫正義的瞭解，商深也是從互聯網以及許多人的口耳相傳中得知，其中一個孫正義創業初期的故事讓他記憶深刻，因為此事讓他覺得孫正義和馬朵有相似之處。

一九八一年，孫正義以一千萬日圓註冊了「軟銀」。公司成立的當天，身高只有一米六的孫正義為了方便居高臨下的演講，雄心勃勃地踩在一個蘋果箱上，向僅有的兩名雇員發表的宣言：五年內銷售規模達到一百億日圓，十年達到五百億日圓，若干年後，要使公司發展成為幾兆億日圓，幾萬人規模的公司。

然而讓他想不到的是，他的一番豪言壯語不但沒有激勵公司的兩名雇員，反而讓他們震驚得目瞪口呆，他們認定，這個其貌不揚的矮子一定是個言過其實的傢伙，他們很快辭職了。孫正義對此只是付之一笑。他堅定地認為，任何人的成功都需要一點瘋狂的想法和一個瘋狂的舉動。

聯想到當年馬朵辭職之後背水一戰的高談闊論，商深總是有意無意將孫正義和馬朵對比，二人身上都有一股不服輸的勁頭和天馬行空的瘋狂。如果說馬朵可以成為中國互聯網的風雲人物之一的話，那麼商深堅定地認為，孫正義必定會是帶領日本走出「網路黑暗時代」的唯一人選。

孫正義一直在關注互聯網，許多投資也是偏向互聯網行業。據業內傳言，孫正義不但會投資美國的互聯網公司，也會拿出相當大的一部分資金來投資中國的互聯網公司。

商深收回思路，目光又落在了車內的安本山藏的身上，目前軟體銀行在中國還沒有成立公司，安本山藏有可能是來北京考察投資環境，為成立中國分公司做前期準備。如果因為一次意外的衝突事件而導致考察失敗，影響了軟體銀行在中國的成立，事情就麻煩了。

想通此節，商深拍了拍歷江的肩膀：「歷哥，打算怎麼處理安本山藏？」

「其實這事壓根就不怪安本山藏，是陳海峰的錯，對，那個滿臉橫肉的傢伙叫陳海峰。按照慣例，最後安本會直接放走，陳海峰關上幾天。」

「嗯。」商深點點頭，「這樣，你善待安本，別讓他覺得受到了歧視。當然，善待不是優待，也別讓他感覺在中國就可以高人一等。反正就是拿出公平公正的處理原則，讓他挑不出毛病就行。」

「這沒問題，處理糾紛我最在行了。」歷江眨了眨眼，「兄弟，你是不是有什麼想法？」

商深呵呵一笑：「提供一個公平良好的投資環境，是每個公民應盡的義務。對了，最近和衛辛見面多不？」

「衛辛呀，」歷江撓頭，「約了七八次，才跟我出來一次，態度不冷不熱，不過我覺得如果再繼續加大攻勢，肯定有戲。你和崔涵薇這是要修成正果了？祖縱最近沒找你麻煩？」

「沒有，祖縱最近沒露面，也不知道忙什麼去了。」商深回頭看了崔涵薇一眼，心中起伏不定，「我和涵薇也算是歷經了磨難，但願最終能走到一起。」

「你們要是再不成，我就再也不相信愛情了。」歷江哈哈一笑，「以後再有什麼發財的機會，別忘了我，我可是你哥。」

「說不定你下一個發財的機會，就掌握在你自己的手中。」商深悄然用手一指安本山藏。

「什麼意思？他是我發財的機會？」歷江一頭霧水。

「自己去領悟。」商深一指歷江的胸口，揮了揮手，轉身走了，「我還有事，回見啦。」

望著商深揚長而去的背影，歷江莫名其妙地搖了搖頭，回頭又看了安本山藏一眼，更是一臉疑惑。

重新上路後，換成商深開車。不多時到了公司，陽光正亮，辦公室內坐了四五個人，正圍坐在一起吃飯。

「加班辛苦了，來，每人一顆蘋果。」商深手中拎了一袋蘋果，衝王松等人揮了揮手，「多吃蘋果可以提高智商。」

「哇，富士蘋果啊，商總下血本了。」

陳明睿第一個跑了過來，搶過一個蘋果，也不削皮，一口咬下，汁液四濺，「不錯，好吃，好甜。」

「提高了智商也不能當駭客。」商深一拍陳明睿的肩膀，「別人要賴，我們不能跟著耍流氓，對吧？」

陳明睿一口蘋果噎在嘴裡，臉漲得通紅：「冤枉呀，商總，真不是我幹的！不對，不是我們幹的，正義俠不是我們的人。」

「我知道正義俠不是你們當中的任何一個。」商深哈哈一笑，「不是說你們的技術不行，而是你們很守規矩，不會亂來。當然了，不當正義俠，適當地推波助瀾，當當水軍也沒什麼。」

「嘿嘿，嘿嘿！」王松含蓄地笑了，「商總英明。」

「你們在說什麼呢，我怎麼都聽不懂？」崔涵薇被繞暈了。

「崔董，我們說的是針對葉十三的反擊突然冒出一個正義俠的事……」

王松向崔涵薇簡要地說了事情經過，又說：「正義俠駭了中文上網網站後，我們見形勢對我們有利，就利用水軍淹沒了之前對我們不利的評論。現在評論風向變了，不再是一片謾罵電腦管理大師了。」

「王哥，好樣的！」崔涵薇大喜，朝王松豎起了大拇指。

「崔董過獎了，我們做得還不夠多。」

雖然得了崔涵薇誇獎，王松卻絲毫沒有放鬆的表情，相反，卻微帶緊張地看向了商深。

商深不說話，徑直來到幾人的中間，坐在桌上，「說吧，你們都做了些什麼。」

到底是商總懂技術，王松暗中擦了把汗，是呀，技術層面上的較量，都讓正義俠代勞了，如果他們只是做了些善後的水軍工作，也太無能了。商總關心的是背後深層次的事，必須拿出像樣的成果讓商總滿意，才能證明他們的價值所在。

第九章

明天的我 你們高攀不起

商深勸慰道：

「等馬哥以後身家幾百億的時候，就是一流明星想見你，也得提前預約。

今天的你，他們愛理不理，明天的你，他們高攀不起！」

「說得對，今天我你們愛理不理，明天的我，你們高攀不起。」馬朵笑了。

「向商總彙報一下……」王松朝趙豔豪點點頭。

趙豔豪向前一步，手裡端著筆電，獻寶一樣：「崔董、商總，我們先是查明了水軍的主要來源，基本上都在北京範圍之內的ＩＰ，然後我們和下載網站取得了聯繫，在下架了電腦管理大師之後，又讓他們封了水軍的ＩＰ，堵住了水軍的道路。當然，封ＩＰ治標不治本，水軍們可以立馬換一個ＩＰ重新水漫金山。不過還好，可能是水軍們也累了，也可能是錢不到位，封了一波ＩＰ後，水軍的攻勢明顯減弱了。」

「除此之外，我們也動員了自己的水軍力量進行反撲，剛才王總也說了，我們的水軍就是我們幾個人，人手不足是先天弱勢，但我們發揚了一不怕苦二不怕累三不怕死的革命精神，一人可抵百萬兵，截至目前為止，負評不能說一個也沒有，但比起之前至少減少了百分之九十五以上。雖然正面評論也不多，但大部分評論還算中肯，都在認真分析電腦管理大師和中文上網外掛程式誰是誰非的問題。」

商深點了點頭，朝王松投去讚許的目光。但也僅限於目光上的讚許，並沒有開口表揚。因為到目前，還沒有觸及到真正的核心較量，只是在外圍打轉。如果王松的能力僅限於此，就太讓他失望了。

王松立刻明白了商深對他們的成績還沒有完全認可，就一拍趙豔豪的肩膀：「行了，別邀功了，說重點。」

趙豔豪嘿嘿笑道：「是，說重點。重點就是我們經過反覆研究加論證，尤其是陳明睿直接從底層結構分析了中文上網外掛程式的鉤子代碼，同時破解了中文上網外掛程式的加密，最終找到了中文上網外掛程式反向導致電腦管理大師崩潰的原因……」

商深為之一驚：「陳明睿破解了加密？」

原本以商深的想法，在王松的領導下，陳明睿、趙豔豪、傅曉斌、張學華等人可以阻止水軍的繼續進攻，可以查到中文上網外掛程式反向導致電腦管理大師崩潰的原因，就已經達到他的滿意標準了。如果更進一步的話，可以重新調整電腦管理大師的結構，就算不能做到可以卸載新的中文上網外掛程式，至少可以保證不再被中文上網外掛程式反向導致崩潰，就是最大限度的成功了。

陳明睿雖然電腦水準不錯，也算得上是一個天才，但他屬於破壞型的天才，不是創造型的天才。也就是說，讓他寫一個病毒程式他會十分在行，但讓他殺毒或是寫一個反病毒程式，他就束手無策了。

讓商深驚喜的是，沒想到陳明睿居然破解了葉十三的加密，簡直就是意外之喜外加神來之筆！

就算他出手，恐怕也要花費三到五天的時間來破解葉十三的加密。陳明睿怎麼會如此輕易破解了葉十三的加密？以他對葉十三的瞭解，葉十三肯定會在加密上大做文章，葉十三一向精明且謹慎，他的加密肯定十分複雜，除非用窮盡演算法的暴力破解。

「是呀，商總，想不到吧？」陳明睿一臉得意之色，「連我自己都想不到在試了十幾次後，居然瞎打誤撞撞上大運了。你肯定猜不到葉十三的加密密碼是什麼？說出來讓人笑掉大牙！」

陳明睿笑得前仰後合，幾乎不能自抑。笑了半天，卻見沒人附和，就不好意思再笑了，忙收起笑容，一本正經地說道：

「說實話，我也沒想到能破解了葉十三的加密，畢竟我不瞭解葉十三。後來傅曉斌一句話提醒了我，他說葉十三既然暗戀崔董，而且他又那麼的自戀，他的加密密碼多半是他的生日和崔董生日的組合。」

商深心中一震，原以為他比別人都瞭解葉十三，現在看來，在經歷了許多事情之後，現在的葉十三和他記憶中的葉十三已經不再是同一個青蔥少年了。

「我就想方設法打聽出葉十三的生日，再加上崔董的生日，組合在一起，只試了三次就芝麻開門了，哈哈。」

陳明睿高興地說：「不好意思崔董，我也打聽出了你的生日，好像你生日快到了，到時我送你生日蛋糕。」

陳明睿是從哪裡打聽到葉十三和崔涵薇的生日已經不重要了，重要的是，他做出的事為商深爭取了三到五天的寶貴時間，商深大喜之下，一拳打在陳明睿的肩膀上：「好傢伙，真有你的。」

陳明睿一咧嘴：「輕點兒，商總，太狠了，疼啊！我的水準也就到破解葉十三的加密為止了，後來我試了半天，怎麼也理不順他的原始程式碼，沒辦法，後面的事只能請商總親自出面了。」

「爭取明天修復電腦管理大師，重新恢復卸載中文外掛程式功能！」

商深一時意氣風發，哈哈一笑，他也沒想到和葉十三的第一戰會如此之快地扭轉局面，陳明睿的神來之筆功不可沒，「晚上讓崔董請你們去吃大餐。」

「商總英明！」陳明睿一跳老高。

「除了吃大餐外，沒有別的獎勵了？」傅曉斌比陳明睿精明，瞇著一雙眼睛，眼中閃動貪婪的光芒。

商深心情好，大手一揮：「每人每月增加工資一百塊。」

「商總萬歲！」

傅曉斌高興得手舞足蹈，每月增加一百塊，等於是一年增加了一千兩百元，這可不是一筆小數目。

「崔董商總萬歲！」

王松唯恐過於強調了商深而忽視了崔涵薇，引發崔涵薇不快就不好了，畢竟崔涵薇才是公司真正的所有者，就急忙加上了崔涵薇。

崔涵薇才不會在意這些小細節呢，她莞爾一笑：「你們都辛苦了，想吃什麼就告訴我，我現在訂位子。」

幾人七嘴八舌在討論晚上吃什麼之時，商深回到辦公室，打開電腦，思索片刻，又打開了電腦管理大師，重新編寫起代碼。

以商深的性格，不寫則已，寫的話肯定會一口氣寫完。如果順利的話，明天一早就能重新上傳，以回應葉十三的反擊。

不料才寫到三分之一的時候，手機忽然不合時宜地響了。

商深的思路被意外打斷，有幾分懊惱，他正沉浸在代碼之中，有些後悔剛才忘了關機。抬頭一看，辦公區已經空無一人，崔涵薇十分識趣地帶著幾人出去吃飯了。

手機鈴聲在空曠的辦公區顯得十分響亮而刺耳。商深很不情願地拿過手機一看，頓時愣住了，手機螢幕上閃爍的名字赫然是范衛衛！

范衛衛以前停用的手機號碼又重新啟用了不說，他現在所用的手機還是當年范衛衛送他的禮物，商深的記憶在夜色漸漸籠罩的辦公室瞬間復蘇了。偌大的辦公區只有他一個人，人在孤獨時很容易想起往事，商深只遲疑片刻就接聽了電話。

「商深……」范衛衛的聲音遠在天邊又近在耳前，不再是冰冷的漠然，而多了人間的煙火色，不，準確地說，多了溫柔和柔情。

「衛衛……」商深心中久違的情感被一下喚醒了，他心中猛然地跳了幾下，「找我有事？」

「晚上你有時間嗎？我想找你坐坐，有許多話想對你說。我想，也許我以前真的誤會了你，有些事情，我們還說開了好，悶在心裡，早晚會悶出病來。」

范衛衛的聲音就如一縷輕風吹拂，不著痕跡，柔弱無力，卻又動人心弦。

「晚上……沒時間。」商深險些沒能拒絕范衛衛的邀請，冷靜了幾分之後，才意識到他晚上有要緊的事要辦，「已經約好別人了。」

想起伊童打來的電話，他心中多少明白了幾分，伊童是來打前站，試探他的反應。見伊童出面請不動他，范衛衛只好親自出馬了。

到底范衛衛是真心想和他好好談一談，還是另有想法，商深就不得而知了。他不願意去惡意揣測范衛衛，在他的心中，范衛衛一直是那個天真爛漫、對他一往情深的女孩。

「明天呢？」范衛衛繼續追問。

「明天……還不知道有沒有空。」

商深心中猶豫不決，范衛衛突然約她，就算不是想和他重歸於好，也是對崔涵薇的不公平，他就有意避免和范衛衛的私下接觸。

「我明天再聯繫你。」

范衛衛聽出商深的決心已經動搖，知道事緩則圓的道理，就及時退後了一步，省得商深多想。

掛斷范衛衛的電話之後，商深心緒起伏難平，無法集中注意力重新投入到程式設計之中。過了一會兒，他索性站了起來，泡了杯咖啡，來到窗前。

城市在忙碌了一天之後，也放慢了腳步。商深俯視車水馬龍的街道，心情平靜了幾分。

平心而論，雖然范衛衛誤會了他，並且不遺餘力地報復他，還處處針對他，他卻並不恨她。恨是無能的表現，他也清楚，就算沒有范衛衛對他的包抄和圍堵，早晚也會有別人這麼做，只不過范衛衛提前做了而已，而且，范衛衛對他的出手中還包含了私人情感。

早來晚來都會來，商深也想通了，不管是葉十三還是范衛衛，總會有人出面充當他前進道路上的攔路虎。只不過范衛衛和葉十三都和他認識並且熟識，相對來說，在正面交手的同時，又夾雜了說不清道不明的個人情感在內。事情遠比單純的商業上的過招複雜多了。

該怎樣和葉十三過招，商深現在沒有私心雜念，因為葉十三觸犯了用戶的利益，他會站在用戶利益的立場上考慮問題。但怎樣面對范衛衛，以及怎樣和范衛衛打交道，他心中沒底。范衛衛對他的圍堵都是虛招，而且他和范衛衛又有感情糾葛，現在范衛衛有重新向他打開大門的跡象，他到底該怎樣和范衛衛周旋呢？

正想得頭疼時，手機又突兀地響了。

商深一口喝完咖啡，順手接聽了電話：「馬哥，有什麼指示？」

「別鬧，說正事。」電話一端傳來了馬朵爽朗的笑聲，「上次我們約好見面，臨時有事沒有見成，今天晚上有沒有時間一起坐坐？我請你吃烤串。」

怎麼都約今天晚上？商深無奈地笑了：「晚上約好張向西了。」

「張向西？」馬朵頓了一頓，「我也湊個熱鬧，加入你們好了。你沒意見吧？」

商深當然沒有意見，他和張向西的會面不會是純私人性質的會面，當然，也不會和張向西談什麼深入合作的話題，馬朵加入的話，並不會影響大局。

「我當然沒有意見，張總那邊，我估計也不會反對的。」

「我正有一些想法想和他聊聊……」馬朵才不會和商深客氣，當即說道：「這樣，你在公司等我，我一會兒就到。」

上次商深和馬朵約過一次，結果事到臨頭馬朵有事沒來。後來就一直沒有再見面，雖然同在北京，一兩個月見不上一次也再正常不過。

商深的心情在接到馬朵的電話之後，反倒平靜了許多，不知為何，他又想到了安本山藏，日本的互聯網發展態勢雖然落後於中國，但日本卻有孫正義一類的傑出人物，中國什麼時候才能出一個可以和孫正義媲美的風雲人物呢？

回到電腦前，商深又全神貫注投入到程式設計之中。

一個小時後，他基本上理順了葉十三的思路，心中已經有了反擊之法。還沒有繼續編寫下去，馬朵趕到了。

和馬朵一起驅車前往和張向西約好的地點，馬朵坐在副駕駛座，拍了拍車門，一臉羨慕之色：「好車，大丈夫生當如此。商深，我以後有錢了，賓士、寶馬、富豪、奧迪，全世界所有的豪車都買一輛，換著開。」

商深敏感地察覺到馬朵情緒有些不對，笑問：「怎麼了馬哥，受刺激了？」

「別提了。」馬朵無奈地揮了揮手，「今天見到了幾個三流小明星，趾高氣揚的樣子，好像他們是什麼國際大腕一樣，別說和我握手了，正眼都不瞧我一眼，好像我連民工都不如。」

商深勸慰道：「等馬哥以後身家幾億、幾十幾百億的時候，別說三流明星了，就是一流明星想見你，也得提前半年預約。今天的你，他們愛理不理，明天的你，他們高攀不起！」

「說得對，今天的我你們愛理不理，明天的我，你們高攀不起。」馬朵笑了，他的目光望向前方，心思忽然黯淡下來，「老弟，不瞞你說，我在北京的日子過得很不舒心。」

商深早就猜到了馬朵在北京並不如意，遠不如在杭州時自由灑脫，從馬朵來北京後，幾乎從互聯網浪潮中消失了一樣就可以得出結論，馬朵天才般的思維以及天馬行空的創意都不見了，只剩下機械式的工作和單調的重複，箇中原因不足為外人道也。

「不舒心就早些回去，天下之大，總有你施展的舞臺。」商深沒有多追問馬朵不舒心的原因，有些事不用明說也能明白，「論成敗人生豪邁，大不了從頭再來。中國互聯網浪潮才剛剛開始，馬哥，在未來的的風雲人物中，肯定會有你的一席之地，不對，說不定你會坐上頭把交椅。」

「哈哈，借你吉言。」馬朵多日鬱積的心情因商深的一番話而一掃而光，哈哈一笑，「現在時機還不成熟，最多再有一年半載，我真的得要離開北京了。不過你的話我不是十分贊成，未來中國互聯網的風雲人物有沒有我的一席之地並不重要，重要的是，我不能錯過中國互聯網風起雲湧的浪潮，不能坐失良機。只有努力過，奮鬥過了，最後哪怕沒有成功，我才可以心安理得的說自己運氣不好。」

「不過以目前的形勢來看，互聯網浪潮來勢洶洶，比我預計的還要氣勢恢弘，我怕我會錯過最佳時機。現在索狸、絡容正在崛起，張向西的興潮網也即將上線，可以預測的是，興潮一上線也會迅速成為潮流。還有代俊偉也要回國創業了，再加上葉十三的中文上網網站，從門戶網到搜尋引擎再到類型網站，幾乎涵蓋了目前我們所能想到的每一種網站形式，等我再重新加入互聯網浪潮的時候，還有什麼機遇和位置？」

馬朵憂心忡忡地皺起了眉頭。

「不怕，人生永遠沒有太晚的開始，俗話說，來得早不如來得巧，要相信自己的眼光。」商深比馬朵小了好幾歲，卻如一個久經世事的過來人一般開導馬朵，「馬哥以前做出過不凡的成績，起點就比別人高了不少。」

馬朵的情緒最近一直很低落，和商深一見面，商深的熱情和年輕感染了他，一番交談後，更是讓他感受到了活力和信心，心情舒展不少，心中既感動又溫暖。

人在孤單落寞的時候，最渴望得到朋友的鼓勵和認可，商深是他來北京之後認識的最投機的朋友。從此以後，馬朵視商深為知己。

「謝謝老弟的開導，你說得對，人生永遠沒有太晚的開始。」馬朵笑了笑，想起了什麼，「對了，你聽說過王俊濤嗎？」

「聽說過，就是著名的中國第一足球博文帖子《大連金州不相信眼淚》的作者老榕啊，怎麼了？」

「他創建的網上軟體銷售試驗網站：軟體港，一推出，就以最高得票獲得福建十佳網站的稱號，軟體港的銷售模式是電子商務的思路，」馬朵眉宇之間有嚮往之色，「我和他聊過，他說明年他會上線一家真正的電子商務網站，名字都想好了，他想做中國電子商務的最高峰，珠穆朗瑪峰的高度是八八四八米，所以網站的名字就是八八四八。我希望八八四八能夠成功，中國的電子商務基礎還是太薄弱了，需要無數人的力量一起推動，眾志成城。」

「除了八八四八之外，我還聽說在上海有兩個年輕人也對電子商務網站感興趣，想成立一家國內最大的線上交易社區，其思路和電子商務網站的思路如出一轍。據說名字也想好了，叫易趣。」

商深點了點頭，贊同馬朵的說法，在傳統實業領域的思路是壟斷才是最大的成功，但在互聯網世界裡，無數人一起推波助瀾，才能形成真正的席捲整個時代的浪潮。

一加十十加百，百加千千加萬，互聯網浪潮波及的範圍越大，越有利於互聯網的普及和發展。只想一家獨大的思路，只會毀了整個互聯網行業的健康推進。

「中國互聯網的浪潮來勢洶洶，我估計到兩千年的時候，會達到一個頂峰。」馬朵又自信地笑了，「希望我能趕上兩千年時的頂峰，如果過了兩千年再加入的話，怕是會錯過第一波浪潮的機遇。」

「到了。」

已經到了張向西約好的土家菜館，商深一抬頭，「馬哥是不是有什麼合作意見要和張向西聊聊？」

「有點想法，還不成熟。」

馬朵下了車，站在霓虹燈閃爍的土家菜館門前，雙手叉腰，「知道我最喜歡吃什麼菜嗎？土菜。越土越樸實的菜，我越喜歡。我相信大道至簡的道理。」

商深停好車，聽出了味道：「馬哥喜歡道宗？」

「我覺得中國真正有理想領導力的是道家思想，儒家思想是我們加強管理最好的東西，佛家思想是讓你學會做人，因為領導力很強、管理能力很強的人身上一定有毒，有毒就需要佛家思想的空把它化解掉，所以要想做好企業當好管理，必須儒釋道全部精通。」

馬朵忽然談興大發，一路上和商深聊天，激發了他的演講欲：

「互聯網發展到今天，四個特徵、八個字最關鍵：開放、透明、分享、責任。大企業要有小作為、小企業要有大夢想。我們每個人都要去想想：自己有了一些想法後，怎麼把它變成現實，怎麼把它變成一個真正的、而不是空想的事。大企業的小作為往往是一個瞬間的小動作影響了整個企業未來發展的決定，甚至影響了社會變革。比如我，我不是學技術的，我對ＩＴ真的不懂，我也不是學管理的，也不懂管理、不懂產品，但是我後來發現自己找到了一個地方是可以做的，就是在管理、在領導力、在怎麼樣把夢想變成現實上，我估計我比絕大部分ＩＴ人花的時間更多。」

夢想很重要，人沒有夢想，就沒有了明天和未來，商深點了點頭：「這麼說如果有一天馬哥再回杭州重新創業的話，還會是電子商務囉？」

「我是一個認準一件事就一定要把這件事做到最好最完美的人。」馬朵肯定地回答了商深，正要再說幾句什麼，身後一輛汽車風馳電掣一般駛來，速度極快，直朝他撞來。

商深嚇了一跳，忙一把拉過馬朵，將他拉到一邊。一輛賓士GL堪堪擦著馬朵的身子停了下來。

馬朵大怒，一腳踢在賓士車門上：「你下來！」

車門打開，一個骨瘦如柴的人懶洋洋地從車上下來，輕蔑地說：「怎麼著，想打架還是想罵街？我都奉陪。」

馬朵是個不肯吃虧的主兒，當即發作了：「打架，單挑。」

「好，沒問題，奉陪到底。」骨瘦如柴一挽袖子，拉開架勢就要動手。

「自己人，住手。」

眼見形勢一觸即發，馬朵就要和骨瘦如柴動手之時，商深及時出現了，他一個箭步躍到二人中間，伸開雙手推開二人：

「馬哥、祖哥，你們要是打起來，我都不知道該幫誰了。」

「是你呀，商深。」骨瘦如柴一見商深，就收起架勢，打了商深一拳，「你小子最近藏哪裡去了，也不和我聯繫，是不是已經擺平崔涵薇了？不對，我說過要和你公平競爭追求崔涵薇的，事情一忙就忘了這事兒了，讓你得便宜了。說吧，你和崔涵薇到底發展到哪一步了，告訴哥，上床沒有？」

祖縱雖然名聲不好，但在商深眼中，他的表情還真有幾分滑稽和可愛，商深哈哈一笑：「想哪裡去了，我和涵薇都是好孩子。」

「有時候做人不能太好，一好就容易吃虧。」祖縱的心思又回到馬朵身上，問商深：「這個長得像日本人的外星人是誰？」

商深險些沒有笑出聲，他努力克制住笑意，別說，祖縱對馬朵的形容還真是貼切。

「他是馬朵，是我的朋友，也是中國互聯網的風雲人物。」

商深向祖縱介紹了馬朵，又向馬朵介紹了祖縱：

「祖縱，北京著名的惡少，人送外號『祖一夜』，是說他不管多喜歡一個姑娘，只要過了一夜就會甩掉。」

「馬朵？沒聽說。」祖縱哈哈大笑，「商深，你是不是見誰都要毀我清白？我哪裡有這麼絕情！說我是惡少我承認，但『祖一夜』的外號真的不符合我的性格，我一般情況下至少都要過三夜以後才會甩掉。」

馬朵也被祖縱的性格吸引了，哈哈一笑：「祖縱？祖宗？真是好名字。不過我想不通一個問題，在家裡，你爸媽也叫你祖宗嗎？」

「當然不是啦。」祖縱和馬朵也是一見如故，他上前抱住了馬朵的肩膀，「他們都叫我小祖宗。」

「哈哈。」馬朵被逗樂了。

「馬朵，你的名字也挺怪，不過相比之下，人長得更怪。我就喜歡長得怪的人，交個朋友怎麼樣？」

祖縱沒當馬朵是外人，他比馬朵高了一頭有餘，抱住馬朵時，半個身子壓在馬朵身上。

「你從小到大，有沒有因為自己的長相而苦惱？不過不要緊，長相是天生的，沒法改變，但命運可以改變。聽我的，沒錯，長得漂亮的女孩都去當服務員了，長得帥的男人都去靠女人吃飯了，只有長得一般的女人和長得醜的男人才會成功。」

商深被祖縱的歪理斜說逗笑了：「祖縱，你最近在忙什麼，有沒有興趣投資互聯網？」

「沒忙什麼，天天戀愛又天天分手，足夠忙了，哪裡有工夫關心什麼互聯網。」祖縱擺了擺手，「對了，葉十三是不是也在搞互聯網？聽說他弄了一個什麼中文上網網站？回頭我找幾個駭客駭了他。我最煩長得跟小白臉一樣的男人了，看上去像是剛從宮裡出來的太監，要有多娘就有多娘。等你見到葉十三時告訴他，見一次我打他一次，非打得他生活不能自理不可。」

「還有，等你什麼時候和崔涵薇結婚，記得告訴我一聲，我送一份大禮給你們。畢竟認識一場，是不是？」

祖縱放開馬朵，也不等馬朵說話，揮手告辭而去，「走了，哥們，回見。」走了兩步又折了回來：「馬朵，留個電話給我，說不定以後我們還有合作的機會。知道我剛才為什麼要說你長得像日本人嗎？因為今天我還真約了一個日本人談生意。」

馬朵留了電話給祖縱。

「北京臥虎藏龍，既有高人能人，也有如祖縱一樣的怪人惡人。」馬朵和商深並肩邁進了土家菜館，祖縱已經不見了身影，不知道去了哪間包間，他搖頭一笑，「不過他的性格倒也有可愛的一面，真小人比偽君子更好打交道。」

商深點點頭，沒有說話，又想起了正義俠的事情。很顯然，正義俠肯定不是祖縱所為，如果是祖縱的出手，葉十三的網站必定被駭掉無疑。以祖縱的性格，斷不會留一分情面。

那麼正義俠到底是誰呢？儘管他已經大概猜到了幾分，卻還是不敢肯定自己的判斷。

算了，先不想了，商深和馬朵來到了二樓的包間，推門進去，房間內，張向西和仇群已經等候多時了。

對於仇群，商深一直抱有知遇之恩的感激，不僅是因為正是仇群的出現才讓他得以從德泉縣一躍而出，也因為他打出了名氣，因此，對仇群以及張向西和八達集團，他都懷有深深的敬意。

「來啦。」張向西起身迎接商深和馬朵，馬朵的意外到來讓他微感驚訝的同時，又有一分驚喜，「馬朵也來了?!歡迎，歡迎。」

仇群沒有多說什麼，微笑點頭和商深、馬朵握手。

落座之後，張向西點菜，徵求了商深和馬朵的意見，又加了幾樣。

「現在國內的互聯網局勢有點微妙。」仇群也沒繞彎，直接就切入主題，反正在座的四人沒有一人是門外漢，又都不是陌生人。

「以前總覺得九七年是互聯網元年，九八年會是互聯網爆發的一年，現在九八年已經過去一半了，感覺期待中的爆發並沒有想像中那麼強烈。」

「索狸網的正式推出，絡容網的第一次改版，以及互聯網成為流行語，一切的一切都說明九八年是中國互聯網深入人心的一年。」

商深接過了仇群拋出的話題，繼續說道：

「從世界範圍來說，一九九五年八月九日，網景（Netscape）公開上市。Netscape的IPO募集了一點四億美元，其股價更是從每股廿八美元飆升至七十四點七五美元，網景公司的市值達到了廿二億美元。這是互聯網界的第一次IPO，互聯網股票的第一炮震驚了世界。一九九八年三月七日，世界第一條進行互聯網資訊傳輸服務的海底通信電纜提前正式開通。這條電纜連線倫敦和紐約，資訊傳輸速率每秒達三百億比特，相當於同時傳送五十萬通電話……這預示著資訊公路正式進入了快車道。」

「商深說得沒錯，基礎設施的建設，網速的提高，為互聯網的興起提供了必要的前提條件。」馬朵點頭說道，「我贊成商深的說法，九八年是中國互聯網深入人心的一年，也是門戶網站興起的一年。我個人認為，中國的門戶網站至少要有三到五家群雄並列的局面，現在有了索狸和絡容，再加上張總就要上線的興潮，已經有三家了。不出意外，雅虎也會在今年、最晚明年進入中國，從雅虎日本的成功先例可以看出，雅虎中國成功的可能性很大，這樣就有四家門戶網站，還差一家，誰上？」

商深笑著搖了搖頭：「我沒有興趣。」

「九八年是中國互聯網的黃金時代，許多人都找到了屬於自己的位置。」張向西意味深長地看了商深一眼，「商深，我就不明白你為什麼對門戶網站不感興趣，難道你覺得門戶網站沒有未來？」

「倒不是。」商深笑著搖了搖頭，「就如張總剛才所說的一樣，這是一個黃金時代，許多人都找到了屬於自己的位置，馬化龍是，王向西是，馬朵是，張總和仇總是，王陽朝和向落是，歷隊也是……當然了，我也是。我不是不看好門戶網站的未來，我是有自己的規劃。」

張向西默默地看向了仇群，仇群悄悄搖了搖頭，一臉惋惜。

其實張向西一直想拉商深加盟興潮網，這個想法直到剛才還沒有打消，但商深說出已經找到了屬於自己的位置一番話後，他徹底失望了。人很難找到屬於自己的位置，一旦找到了，必然會大放光彩，尤其是如商深一樣優秀而傑出的高手。

仇群的心情和張向西稍有不同，作為發掘商深的人，他希望商深可以在中國互聯網的版圖上留下濃重的一筆，不管是借助八達或是興潮網的平臺，還是商深自己的平臺，只要商深成功了他就會高興，因為商深不管有怎樣的成功，都是他慧眼識珠的結果。

不過在為商深的成長感到高興之餘，心中也隱隱有一絲擔心。如果商深加盟興潮，走的會是一條正統的發展之路，風險小，成長快。但商深顯然是想走自己的道路，而且還是一條前人從未走過的開創之路，風險大，夭折機率高。

當然了，話又說回來，風險越大，往往收穫越大。但互聯網是新興事物，固然成功了回報率很大，但失敗的機率也很高。萬一商深失敗了，一敗塗地，他也會在替商深惋惜的同時，大感遺憾和傷心。

有心勸一勸商深，不如先加盟興潮，等借助興潮的平臺成功了之後再創業也不遲，還沒開口，就被商深的一番話頂了回去。

「我和馬哥討論過互聯網浪潮的持久性和機遇，九八和九九年兩年之間，估計會奠定未來十幾年的基礎。也就是說，成功與否的關鍵就在這兩年之間，錯過了，也許會再等十年。」

商深說出了他對未來的看法。

「人生沒有幾個十年可以等待，所以，該出手的時候就要出手，而且說不定現在互聯網的浪潮，是一個千載難逢的機會。」

此話一出，仇群就知道商深決心已下，再想勸商深加盟興潮的話，就不必說出口了。

「馬總，對未來中國互聯網的發展態勢，你有什麼看法？」

菜陸續上來，張向西招呼眾人吃飯，開口向馬朵問出了他的疑問。

第十章

天花板理論

創始人的高度就是公司的最終高度的天花板理論，

成為諸多互聯網公司無法躲過的魔咒，

有太多的創始人迷戀自己的才能，認為自己是無所不能戰無不勝的神明，

最終因個人能力有限導致的失誤而失敗。

對馬朵，張向西好奇大過敬畏，作為正統出身的他，既有技術能力又是八達集團的高層，自然很難對半路出家劍走偏鋒的馬朵高看一眼。

也是，張向西要技術有技術，要資金有資金，要管道有管道，要人才有人才，馬朵要什麼沒什麼。想當初馬朵創業，口若懸河說了幾個小時，二十多個人他才說服了一個。張向西上馬興潮網，不需要說服任何人，首先他有八達龐大的資源支持，其次他留學國外的背景，也讓他很容易從國外找到投資管道。

但張向西對馬朵要什麼沒什麼卻能成功地創辦中國黃頁網站大感好奇，在好奇之餘，他也曾深入地思索過馬朵成功的原因何在。想來想去卻想不明白，雖然同為互聯網的從業者，但人和人的思維差距過大，他猜測不到在馬朵其貌不揚的相貌之下，到底隱藏了怎樣天馬行空的頭腦。

「未來兩三年會是門戶網站的天下，三五年後，門戶網站的發展放慢，取代的是類型網站的崛起。類型網站之後，將是電子商務網站和服務型網站的世界。」

馬朵既不推辭也不客氣，直接說出了心中所想，「門戶網站一開始的時候會給人新奇的感覺，覺得一網在手天下我有，只需要上一個門戶網站就可以做到秀才不出門便知天下事，但時間長了，提供新聞和綜合時事的網站會越來越多，門戶網站所能承載的功能，會陸續被一些類型網站以及搜尋引擎替代，但類型網站和搜尋引擎所能提供的功能，門戶網站卻又承載不了，就會有一個此消彼長的過程。」

張向西和仇群對視一眼，眼中微有詫異和不解之色。

馬朵微微一笑：「不過不要過於擔心，門戶網站的日子也會越來越好，因為隨著寬頻的普及，互聯網用戶會越來越多，從現在的幾百萬到幾千萬幾億都有可能，就算被再多的網站分流，但基數太大了，留下的用戶也會比現在的用戶多許多。到時就算只留住三分之一的用戶，也會是超過現在十幾倍的成功。」

「以後電子商務網站還會大有市場？日本互聯網的電子商務就做得很差。」張向西對電子商務的看法就遠不如馬朵樂觀。

「日本和中國的國情不同，日本大小便利店遍佈每個角落，隨便哪裡都可以買到需要的東西。最最重要的一點，日本的商品不管是大商場還是超市或者是便利商店，差價很小。沒有差價，就沒有利潤空間，就支撐不起網上電子商務的營運盈利。」

馬朵早就分析了各國的優勢和不足，胸有成竹。

「中國就不同了，中國許多商品的差價太大，同時，進口關稅也高，導致的結果是不但各地的商品價格都不透明，商場有可能比超市貴三分之一，超市又比批發市場貴三分之一，而且進口的商品由於高額關稅和各地加價不同的原因，差價也是十分巨大。正是因此，許多人才跑到香港澳門購物。再加上中國太大了，人口夠多，所以中國不僅有電子商務成長的土壤，也有電子商務發展壯大的空間。」

馬朵的一番話讓眾人都陷入了沉默，就連商深也暗暗敬佩馬朵果然不同常人，考慮問題的深度和廣度非一般人所能相比，他沒有想到馬朵在電子商務領域已經深入到了放眼國際的程度。雖然以目前來看，先後會有八八四八和易趣兩家電子商務網站即將上線，但他堅定地認為，如果未來有誰可以一統中國電子商務天下的話，非馬朵莫屬。

菜上齊了，花樣繁多，琳琅滿目，眾人開始吃飯。才吃幾口，商深忽然一拍腦門笑道：

「也許有一天會有可以在網上預訂各家飯店的網站，菜單、價格還有包廂大小在網上一目了然，在家裡直接動動滑鼠就可以下單，然後來到飯店後直接就上飯菜，豈不是節省了許多時間？也省得萬一來了之後沒有位置或沒有喜歡的菜而白跑一趟。」

「這個，要實現起來恐怕很難。」張向西的筷子伸到一半，停在了半空，若有所思地說：「線上的資源需要線下的配合，如果各家飯店不願意配合網站呢？再如果就算配合了，因此減少了利潤怎麼辦？或者說，有些飯店本來就天天爆滿，就更沒有必要上線接受預訂了。所以說，想法是不錯，但恐怕不可行。」

「確實是，需要打通的環節太多，線上凡是需要線下配合的業務，都等於多了一道手續，預訂飯店，直接一個電話就解決了，為什麼要上網預訂？商深，我也覺得以後可能不會有網上預訂飯店的網站出現，就算有，也很難成功。推而廣之，預訂酒店以及各種需要線下服務配合的網站，都不會有前景。」

仇群也表達了同樣的看法。

商深笑了笑，沒再更多解釋什麼，互聯網是一個沒有邊界和國界的世界，正是因此，提供了無限可能，無限可能就會有無數種設想，不管設想多麼荒謬，多麼不可思議，但未來的變化，誰又能說得準？在古代，手錶就是神奇的存在，更不用說汽車和飛機了。倒退一百多年，誰會相信汽車會遍佈地球的每一個地方？倒退十年，互聯網是何物？那麼前進十年，電腦會發展到多快的速度，手機會有多少想都想不到的功能，誰也無法預言。

「也許有一天……」商深夾起一口菜放到嘴邊，拿出手機，「手機也可以上網了，手機螢幕也比現在大了許多，流覽網頁收發郵件或是現在電腦所能做的所有事情，都可以在手機上完成，想想看，電話訂餐固然方便，但哪裡有上網流覽圖片直觀？科技改變未來，未來改變互聯網，互聯網改變世界。如果說互聯網的未來是會提供越來越多的便利，那麼手機的未來就是向智慧化、大屏化和多功能化的方向發展。」

商深的話讓張向西和仇群目瞪口呆，二人都放下筷子拿出各自的手機，都是摩托羅拉的翻蓋手機，別說流覽網頁了，連幾百個漢字都容納不下。

「手機上能實現電腦上的所有功能？怎麼可能？」

仇群搖搖頭，他經歷了從磚頭大小的大哥大，到現在巴掌大小的手機的飛速發展階段，但還是不敢相信有朝一日手機也可以替代電腦的功能，感覺太不實際了，除非是科幻電影吧。

「互聯網時代，一切皆有可能。」

馬朵微微一笑，他雖然也基本認同商深的說法，但沒有往心裡去，舉起了酒杯，「來，張總，仇總，我敬你們一杯。我很看好興潮網的未來，相信不用多久，興潮網就會成為國內數一數二的頂尖網站。」

「借馬總吉言。」張向西和仇群回敬了馬朵。

「說不定有一天我和興潮網還有合作的機會。」

馬朵又舉起第二杯酒，他特意說是和興潮網而不是說和張向西，顯然不是口誤，而是故意為之，「張總，仇總，我再敬你們第二杯。」

張向西沒有聽出馬朵話裡的機鋒，仇群卻聽了出來，悄然看了商深一眼。

商深不動聲色地搖了搖頭，暗示仇群不必過於在意，仇群點頭一笑，與張向西一起和馬朵喝了第二杯。

隨後馬朵又舉起了第三杯酒：「第三杯酒，我提議同起。為了未來，為了互聯網的無限可能，為了我們無限美好的明天，乾杯！」

「乾杯！」

商深、張向西和仇群同時綻放了笑容。

四人的酒杯碰在一起，既沒有清脆的聲音響起，更沒有發生驚天動地的事，只不過是再平常不過的一次碰杯，卻成了被中國互聯網許多業內人士津津樂道的標誌性歷史事件之一。

此事被後人稱為馬朵最終和興潮網合作成功的誘因之一，雖然後來馬朵和興潮網的合作與張向西並無關係，而且還是多年之後，但此事卻奠定了馬朵對興潮網的興趣。

在馬朵入股興潮網的微博之時，張向西和仇群早已離開了興潮網。興潮網不是張向西的興潮網，在後來一次人事巨變之時，張向西就如當年的賈伯斯一樣，被董事會趕出了自己一手締造的公司。

只不過和賈伯斯又重新殺回蘋果公司不同的是，張向西離開興潮網之後，再也沒有回來。對比之下，張向西的偏向保守的沉穩以及仇群過於穩重的風格，更讓馬朵認定商深才會是未來中國互聯網的領軍人物之一。

當然，更不為人所知的是，此次聚會，從正面來說，直接收穫最大的人其實是馬朵。而從側面來說，間接收穫最大的是商深。

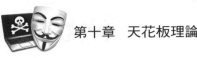

馬朵的正面直接收穫是在和商深、張向西等人的談話中，碰撞出靈感的火花，後來雖然他沒有直接創辦類似預訂飯店、酒店的網站，卻始終對此類的類型網站念念不忘，使他在後來大手筆收購了一家類似的成功網站。

不過馬朵也有失誤的時候，就是商深關於手機智慧化、大螢幕化以及多功能化發展的觀點，他沒有在意，以至於在互聯網第四波無線互聯網時代到來之後，落後了時代半步，險些在無線互聯網時代被甩在後面。

好在他後來及時調整了戰略，追趕上來，總算沒有被無線互聯網時代的洪流淘汰。

事後他回想起今天的一幕，不由更加感慨他一生最大的幸運，就是交了商深這樣一個朋友，總能及時提醒他在什麼時候什麼地方及時調整方向。

間接收穫最大的人為什麼是商深呢？從表面上看，商深並沒有什麼收穫，今天和張向西見面的目的，只是為繼續加深和張向西以及興潮網的合作，並且含蓄回絕張向西希望他加盟興潮網的邀請，但在對話中，商深不僅得到了全新的感觸，同時讓他更深入地走進馬朵的內心。

如果說以前馬朵對商深的認知還停留在商深是個技術天才的層面上，那麼今天的會面，讓馬朵更深刻地認識到商深除了是技術天才之外，還有對未來準確的把握以及高人一等的眼光。

今天的聚會，雖然張向西沒有達到讓商深加盟興潮的願望，卻間接促成了商深和馬朵之間源遠流長的友誼，也促成了後來一次轟動整個互聯網業界的重大事件的誕生——「芝麻開門」的成立和最終問鼎納斯達克！

飯局接近了尾聲。

「商深，雖然我們很想邀請你加盟興潮網，但是現在看來，你還是更願意做自己想做的事情。不過，即使不加盟興潮網，我們也可以保持密切的合作。我有一個建議……」

張向西退而求其次，只能選擇和商深進行深度合作的道路了，「以後你再有新的軟體發佈，能不能授權興潮網為唯一的下載平臺？」

其實對於今天的聚會，仇群並不抱有太大的希望，仇群比張向西更瞭解商深，知道商深是一個決定了事情就輕易不會回頭的人。但張向西太欣賞商深的才能了，非要再試上一試，仇群只好安排了這一次的聚會。

在見到商深意外帶了馬朵出現的一刻，仇群就明白了一個事實，商深還是以前的態度，合作可以，但不能是排他的獨家合作。所以當張向西突然提出希望商深獨家授權興潮網一家作為唯一的下載平臺時，仇群暗暗搖頭。

張向西人是不錯，但是太過於關注技術層面的東西，而忽略了與人交往時的微妙細節，商深和馬朵一起參加飯局，就說明了商深不喜歡獨家排他式的合作，他追求的是共贏和透明的合作。商深肯定不會答應張向西的要求。

然而大大出乎仇群意料的是，在稍微遲疑了片刻之後，商深居然答應了：「這個倒是問題不大，不過興潮到時要給重點推薦才行。還有，要給我們管理評論的許可權，否則水軍洶湧，可是受不了。」

張向西也大感意外，他也以為商深不可能答應，沒想到商深答應得倒是爽快。他愣了愣，然後笑了：「夠痛快。還有，我們之前商量好的合作方式，也可以現在再確定一下細節。」

張向西仔細研究過商深的兩款軟體，對商深天才般的思路和對市場的把握以及用戶習慣的揣摩十分佩服：「興潮以後也會推出自己的獨家軟體，希望到時你可以以技術形式介入。還有，興潮網前期的程式開發基本上接近尾聲了，希望你從頭到尾把關程式，怎麼樣？」

「沒問題。」商深再一次爽快地答應下來。

「至於你在興潮網所在的股份……」

張向西和商深曾經討論過商深所持興潮網股份的問題，商深並沒有明確說出一個數字，他現在想當面提出，也好敲定下來。興潮網需要商深的地方還有很多，不怕商深獅子大開口，他也瞭解商深，商深要的股份越多，就會對興潮網投入越多的精力和心血。

商深卻擺擺手：「股份問題好說，我就不提了，讓仇總決定。仇總說多少就是多少，我絕不會討價還價，呵呵。」

對於仇群和八達，他始終心存感激，所以對於興潮的股份，他並沒有太貪心的想法。

商深泰然處之的態度讓馬朵暗暗豎起了大拇指，「天之道，不爭而善勝，不言而善應，不召而自來，繟然而善謀」，天道渺然，自有規矩。一飲一啄，因果相循，自是一種平衡。不爭者，往往可以得到想要的一切。爭名奪利者，卻常常失之於急於求成反而一無所成。深受道家思想影響的他更加看好商深的前景了，如此年輕就有如此心性，實在難得。難得之人必行難得之事。

仇群也微微感慨，能做到面對巨大誘惑而面不改色之人，他見過一些，但從來沒有一個和商深一樣年輕。

如果說一個億萬富翁面對前途未知的興潮網股份時並不動心還可以理解，畢竟手中已經擁有巨額財富了，對可以變現的財富還只是一張廢紙的興潮網股份完全可以不放在心上；但對商深來說，唾手可得的興潮網股份雖然是財富還是廢紙還在兩可之間，但以八達的實力以及張向西已經融資一百多萬美元的基礎，興潮網的股份也算是一筆不菲的財富，他卻依然還能做到不動聲色，由此可見商深確實有大將之風。

「好，這件事情就由我和張總商定了。」

由於馬朵在旁，仇群不好直接報出一個數字徵求商深意見，就有意岔開話題，「對了商深，你和葉十三的戰爭怎麼樣了？」

說到葉十三，馬朵忽然來了興趣，不等商深說話就搶先道：

「雖然我承認中文上網網站很有開創性，也很好用，但中文上網外掛程式確實是流氓外掛程式，裝上後就無法卸載，害得我還重灌了電腦。要我說，商深的電腦管理大師絕對是拯救無數電腦用戶於水火之中的最偉大發明。我完全支持商深打擊葉十三的做法，如果不是商深出手，再發展下去，葉十三的中文上網外掛程式非成病毒外掛程式不可。」

「中文上網外掛程式是時代的產物……」張向西微一沉吟，「隨著電腦的普及和電腦使用者水準的提高，中文上網外掛程式早晚會被淘汰。葉十三肯定也是意識到了這一點，知道只能騙得了一時騙不了一世，所以才想出安裝後就無法卸載的蠻橫辦法。等中文上網網站發展壯大到一定實力，可以再拓展新的業務時，葉十三也會調整策略，相信他會主動放棄中文上網外掛程式的惡意行為。現在的辦法，只是出於商業需要……」

商深聽了說道：「張總的意思是，雖然葉十三的行為不值得提倡，但也不算什麼，因為是大多數企業在開始階段都有的原罪？」

張向西點頭一笑：「大概是這麼個意思，就像中國企業一開始常模仿國外企業的成功經驗一樣，要抱著寬容的心態看待。在初始階段，你的電腦管理大師就提供了卸載中文上網外掛程式的功能，等於是對葉十三的致命一擊，他肯定會殊死反抗。」

張向西的態度讓商深心緒波動，或許有人就喜歡不黑不白的灰色地帶，他不行，他天生就是原則問題不能談判的性格。

「如果你不管，我也坐視不理葉十三綁架用戶的行為，久而久之就會讓我們互聯網的從業者產生錯覺，認為只要不是太出格的行為，都可以以商業需要為藉口，一次次挑戰自己的底線，最終我們會成為一群沒有原則、沒有信仰、沒有行為準則，只為名利的惡俗商人。」

商深並不因為張向西的身分而隱藏自己的原則，相反，他就是要當面表明自己的態度。

「中國人在國際上本來就以缺少誠信和教養而被人輕視，我們卻不以為恥反以為榮，早晚會自己毀了自己的整個價值體系。價值體系一崩潰，整個社會也會隨之崩塌。」

「商深說得對，價值取向不正確，年輕人的三觀就會受到影響。三觀不正確，社會的誠信就會出現問題。誠信是一個人的安身立命之本，也是一個社會健康運行的基石。日本和新加坡為什麼比我們國家發達？不是因為日本人和新加坡人比我們聰明，但他們比我們有誠信，整個社會有一個健全的誠信體系，人人以誠信為榮。一旦失去誠信，就會被整個體系拋棄。」

馬朵贊成商深的觀點：「人無信不立，業無信不興。比如說在新加坡，一個公務員如果貪污了幾百元，他下半生的養老金就全部沒有了。比如說在日本，你丟垃圾的時候沒有按照分類丟掉，就會被記上一個污點。當你的污點達到一定數量時，你的貸款申請、工作升遷等等，都會受到影響。」

仇群見討論有趨向辯論的趨勢，忙出面圓場：「有不同的看法很正常，我相信商深的電腦管理大師是對事不對人，對了，聽說葉十三反擊了，現在進展怎樣？」

商深微微一笑，一臉堅定：「既然我出手了，肯定會負責到底。葉十三重新改寫了代碼，還利用代碼反向導致電腦管理大師崩潰，再發動水軍攻擊電腦管理大師，手段很暴力。明後天，新版的電腦管理大師會修復漏洞，重新上線。」

「好，既然開戰了，就一戰到底。」馬朵大聲支持商深。

「正義俠又是誰？」

張向西也不再繼續剛才的話題，雖然他隱隱覺得商深主動向葉十三宣戰有幾分不妥，不過又覺得商深和馬朵的話有一定道理，也就不再堅持自己的觀點。

「不知道。」商深點頭一笑，對張向西不固執己見的大度表示讚賞，「相信也是一個和我一樣，不喜歡有人惡意破壞市場規則的電腦高手。其實就算我的電腦管理大師不出手卸載中文上網外掛程式，早晚也會有別的軟體出面做這件事。葉十三的做法如果光明正大，也不會有所謂的正義俠去駭他了。」

「說得也是。」仇群點了點頭，為商深的認真態度和使命感的精神而感動，企業家不應該都是追逐名利的商人，要有為國為民的情懷以及敢為天下先的勇氣，俠之大者，憂國憂民，「不管商業需要是怎樣冠冕堂皇的一個藉口，要流氓畢竟不是堂堂正正。」

「聽說你和馬化龍在合作ＯＩＣＱ？」

張向西不想再無謂地爭論下去，時間寶貴，他想多瞭解一些業內動態，「興潮網上線後，也會推出一款網路即時通訊軟體，名字暫定為興潮尋呼。希望到時你可以加盟。」

商深點頭：「可以，沒問題。馬化龍的OICQ估計要到年底或是明年初才推向市場，網路即時通訊軟體是新興事物，但我相信，以後會是互聯網時代必備的軟體之一。」

「你覺得代俊偉回國創業，會成功嗎？」張向西微微露出不快之色，「范衛衛居然提出讓興潮網配合代俊偉的創業，小女孩太年輕太單純了。代俊偉的超鏈分析技術確實世界領先，但世界領先的技術很多，大多數沒有商業價值，或是在商業化的過程中失敗了。等代俊偉的公司在國內站穩了腳跟打開了市場，擁有了可以一口吞掉興潮的實力時，她再來居高臨下的和我說話才更符合她的身分。」

商深暗暗搖頭，范衛衛被西化思想影響得太嚴重，說話儼然是一副美式風格，頗有美國人居高臨下教訓日本人的咄咄逼人的態勢，可惜的是，中國不是被美國奴役的日本，中國人有骨氣，並且經過幾十年的改革開放，已經站起來了。

「雖然范衛衛的態度不太友好，但根據我的個人推測，代俊偉回國創業，十有八九會成功，而且還是大大的成功。」

商深放下對范衛衛的感情和成見，就事論事，「搜尋引擎不僅在中國，以後在美國以及世界各地都會有非常廣闊的市場。」

「你就這麼看好搜尋引擎的未來？」

張向西的觀點和王陽朝、向落的觀點有相似之處，「門戶網站中就可以包含了搜尋引擎，興潮網上線之後，也會推出中文搜尋引擎。以後還會陸續推出線上免費殺毒、軟體下載中心、線上電子地圖、線上賀卡等等，一網在手，天下無憂，興潮所要做的就是：用戶只需要打開興潮網，你所想到的需要的、都可以在興潮網上找到，門戶網站的發展趨勢就是一網打盡，包羅萬象。」

線上電子地圖都想到了？商深為之一驚，張向西果然不簡單，有超前的意識，已經先人一步走到了時代的前端。

「專業的內容還需要專業的網站來提供。」商深讚賞張向西的思路，卻並不贊同張向西的觀點，「比如我喜歡數位相機喜歡汽車，在沒有專業的數位相機和汽車網站之前，我會在沒有選擇的前提下到門戶網站的分類頻道流覽。但如果有了專業的數位相機和汽車網站，我想查找相關內容時，我會首先選擇專業的類型網站。術業有專攻，專業網站能提供更專業的分析和更精確的定位，門戶網站也許可以做到面面俱到，但做不到樣樣精通。舉個最簡單的例子，我想吃麵條，我會去老北京麵館去吃，而不會來土家菜館吃。」

「商深的說法很對，以後的市場，會是細分的市場。」馬朵拿出一個筆記本記了下來，「這個思路對我有啟發，以後我做電子商務網站時，一定要牢記這個原則——細分原則！細分越精確，越能準確地抓住每一個不同類型的用戶。」

張向西沉默了，若有所思地望向天花板。天花板上除了幾盞吊燈之外，一無所有。但誰也不知道的是，幾年後，天花板理論波及到每一個互聯網創業公司，有太多創業公司因為創業者個人的高度而終止在一個瓶頸，最終倒在前進的道路上。

創始人的高度就是公司的最終高度的天花板理論，成為諸多互聯網公司無法躲過的魔咒，原因也在於國人喜歡人治而不是法治的習慣。有太多的創始人迷戀自己的才能，認為自己是無所不能戰無不勝的神明，聽不進去他人的意見，再加上創始人多半在公司擁有一言九鼎的絕對控股權，集體智慧的制度無法形成，最終因個人能力有限導致的失誤而失敗。

締造一個世界很難，但毀掉一個世界卻很容易。

晚風吹拂，雖是北京最熱的季節，卻也有了幾分難得的涼意。商深站在土家菜館的門口，望著張向西和仇群遠去的身影，忽然有一種和張向西、仇群漸行漸遠的感慨。

當然，也不是說他和張向西、仇群理念不和方向相反，而是在互聯網的大海上，他想要駛向一個充滿陽光、遍佈沙灘和椰林的自由之島，而張向西、仇群駛向的卻是一個激情四射、狂歡無限的奮鬥之島。

不能說誰對誰錯，或者說誰更快樂，只要實現了自己的價值，滿足了自己的理想，就是美好的人生。每個人追求的人生境界不同，所以，不能用自己的幸福觀去衡量別人是不是幸福。

「走，再去喝會兒茶。」馬朵意猶未盡，還有話想對商深說。

商深抬手看了看手錶，手錶夜光指標指向九點鐘。如果是平時，時間還早，再和馬朵聊一聊未來也未嘗不可，但今天他的心思都放在電腦管理大師上，想今晚一鼓作氣修復成功，爭取明天重新上線。

正要開口委婉拒絕馬朵，身後突然響起了一個熟悉的聲音：「喲，商深，又見面了，真是有緣呀。」

當然有緣，本來就在同一個飯店，見面自然容易。

商深回頭一笑：「祖哥，還沒走？」

「這不剛談完事兒嘛。」

祖縱不是一個人，身邊還有一個朋友，個子不高，一臉冷峻，由於喝多的緣故，冷峻的臉上有幾片紅暈。冷峻和紅暈的強烈對比，讓他頗有幾分滑稽。

怎麼是他？商深一眼就認出了此人正是安本山藏。

「你朋友？」商深悄悄一指安本山藏，「日本人？」

「咦，好眼力，居然能一眼看出他是日本人。他一口流利的中文，不管是長相還是說話，一般人都不知道他不是中國人，你太厲害了，商深，快說，從哪裡看出他是日本人的？」

商深服了祖縱，笑道：「日本人站立的時候，絕對一動不動，身體繃得很直，而且目不斜視，很有規矩。中國人就不同了，要麼斜著站，要麼靠著牆站，要麼來回晃動，反正沒有一個會筆直地站立，除了現役軍人以外。還有，從表情上也可以分辨出來，中國人的表情豐富而多變，日本人的表情多半一個樣子，平靜或是面無表情。」

商深一說，祖縱回頭盯了安本山藏幾眼，然後哈哈大笑：「還真讓你說對了，厲害，快告訴我，你怎麼對日本人瞭解得這麼清楚？啊，肯定是日本動作片看多了，所以有經驗。」

商深無語，祖縱也太會聯想了，不過轉念一想，所謂仁者見仁，淫者見淫，在色狼的世界裡，自然會認為人人都和他一樣。

馬朵也湊了過來，朝祖縱點頭一笑，目光落在安本山藏身上。

安本山藏朝馬朵點頭一笑，說了句：「你好。」

馬朵也回應了一句「你好」，然後主動伸手過去：「歡迎來到中國。怎麼樣，在中國還習慣吧？」

「還好，還好。」安本山藏流利的中文絲毫讓人聽不出來有違和感，「日本遵循的本來就是中國失傳的習慣和文化，來到中國對我來說，就和到了幾百年前的日本沒有區別。」

馬朵皺了皺眉：「這話有點刺耳。」

「不好意思，如果讓你誤會了，我向你道歉。」安本山藏立刻向馬朵鞠躬，「其實我的意思不是指責中國不好，是想強調日本的文化之根在中國，只不過中國丟掉了祖先輝煌的一面。記得以前一次到西安的旅遊，一到西安，許多年老的日本人痛哭流涕，說是終於回到家了……日本人對中國複雜的感情，中國人理解不了。是既尊敬又輕視的複雜感情，尊敬的是中國的祖先，輕視的是你們的現在。」

「別扯虛的，要我說，小日本就是不如中國。」祖縱回頭衝安本山藏喊道：「別忘了，五十多年前的戰爭，我們打敗了你們。」

「我們承認我們失敗了。」安本山藏一臉平靜，絲毫沒有激動之意，「你們整天都在反日，說中日戰爭是你們的國恥，但我想請問，你們打敗我們五十多年了，為什麼到現在還處處不如我們？我覺得這才是你們最大的國恥！」

「……」

祖縱一向喜歡胡說八道，習慣了信口開河，安本山藏的一番話卻讓他啞口無言，也是安本山藏的話觸動了他的內心，是呀，中國打敗了日本半個多世紀了，為什麼發展到了現在還是處處不如日本？不說國民生產總值，不說平均收入，就是國民素質和教育程度也是遠遠不如。只有有一天中國在日本面前有了壓倒性優勢之時，才是真正的揚眉吐氣之日。

馬朵深有感觸，忽然對安本山藏大感興趣，在問清了安本山藏的來歷之後，更是一臉驚喜：「你來自軟體銀行？安本先生，我冒昧地問一句，有沒有時間一起坐坐，我想和你聊一些感興趣的話題。」

「坐一坐倒沒有問題，但我希望有祖先生作陪。我們日本人的原則是，祖先生是我們的中間人，不管我們有什麼合作，都不能將祖先生拋到一邊，否則就是誠信問題了。」

「關我什麼事？」祖縱自己都理解不了安本山藏的邏輯，「你們想怎麼談就怎麼談，和我沒半點關係。你們就算談成了一百億日圓的生意，我也不會收取你們一毛錢的傭金。」

「你收不收傭金是你的決定，但不能撇開你是我的原則。」安本山藏繼續堅持。

「好吧好吧，怕了你了。」祖縱妥協了，一拉商深，「走，陪他們一起喝杯茶去。事先聲明，我買單，你們誰要跟我搶我就跟誰急。」

商深想要回去趕工的想法破滅了，只好跟著祖縱走了。好在能夠認識來自軟體銀行的安本山藏，也算是意外收穫了。

請續看《當代商神》7 高明反擊

當代商神 6 風雲際會

作者：何常在
發行人：陳曉林
出版所：風雲時代出版股份有限公司
地址：10576台北市民生東路五段178號7樓之3
電話：(02) 2756-0949
傳真：(02) 2765-3799
執行主編：朱墨菲
美術設計：吳宗潔
行銷企劃：林安莉
業務總監：張瑋鳳

初版日期：2018年10月
版權授權：閱文集團
ISBN：978-986-352-620-9

風雲書網：http://www.eastbooks.com.tw
官方部落格：http://eastbooks.pixnet.net/blog
Facebook：http://www.facebook.com/h7560949
E-mail：h7560949@ms15.hinet.net
劃撥帳號：12043291
戶名：風雲時代出版股份有限公司

風雲發行所：33373桃園市龜山區公西村2鄰復興街304巷96號
電話：(03) 318-1378
傳真：(03) 318-1378
法律顧問：永然法律事務所 李永然律師
北辰著作權事務所 蕭雄淋律師

行政院新聞局局版台業字第3595號 營利事業統一編號22759935

定價：280元　特惠價：199元

國家圖書館出版品預行編目資料

當代商神 / 何常在著. -- 初版. -- 臺北市：風雲時代,
2018.07-　冊；　公分

ISBN 978-986-352-620-9（第6冊；平裝）

857.7　　　　107007803